Gerd Tesch
**Zielscheibe Ströher**

Die Deutsche Nationalbibliothek verzeichnet diese Publikation in der Deutschen Nationalbibliothek; detaillierte bibliographische Daten sind im Internet über http://dnb.d-nb.de abrufbar.

Umwelthinweis:
Dieses Buch wurde auf chlorfrei gebleichtem Papier gedruckt.

© 2022 Gerd Tesch
Herstellung und Verlag:
BoD – Books on Demand, Norderstedt
1. Auflage
Layout und Cover: Manuela Wirtz, Schüller
Coverbild: *Irmenacher Bäuerinnen bei der Heuernte*, Norbert Thinnes

ISBN: 9783755735649
Printed in Germany

Gerd Tesch

**Zweifachraub der
*Irmenacher Bäuerinnen***

Ein Detektivroman
in des Hunsrücks Künstlerszene

*Jeder Wurf ins Wasser ist ein Volltreffer. Die Zielscheibe stellt sich ein.*

Arnfried Astel

# Kapitel 1

## Im falschen Sarg

„Der Mann ist schon länger tot", grübelt der Notarzt.

„Nicht nur das", sagt Hauptkommissarin Corinna Schmidt, „der lag schon unter der Erde."

Doktor Giesen unterbricht abrupt die Untersuchung und schaut von der Leiche auf, mit hochgezogenen Brauen, die tiefe Furchen in seine Stirn graben.

„Michael Marlow heißt der Mann. Gestern Nachmittag wurde er auf dem Friedhof in Willmerod bestattet. Ich war dabei."

„Nicht zu fassen", raunt Giesen und kratzt sich am Hinterkopf. „Mir fällt da der Gedanke eines späteren Selbstmörders ein, ich meine den Philosophen Walter Benjamin: ‚Über einen Toten erst recht hat niemand Gewalt.' Na ja, ein frommer Wunsch, wie man sieht. … Ein Verwandter von Ihnen?"

„Nein, nein, ein Straftäter, genauer gesagt ein Kunsträuber", teilt die Kommissarin dem verblüfft Dreinschauenden mit. Seit Jahren kennt und schätzt sie ihn von vielen Einsätzen her. „Wie Sie wissen, haben Beerdigungen uns Fahndern einiges zu erzählen, Doc. Marlow verstarb siebenundfünfzigjährig, Herzinfarkt bei seiner Festnahme."

„Dann kann ich meine Arbeit ja beenden", grummelt Giesen, rappelt sich auf und entledigt sich der Einmalhandschuhe.

„Ich fürchte, wir brauchen Sie in der Angelegenheit noch, Doktor", sagt Schmidt und eine steile Doppelfalte bildet sich über ihrer Nase.

„Aha?"

„Eine Ahnung, mehr nicht", relativiert sie. „Ich melde mich bei Ihnen."

Mit dieser Ankündigung macht sie kehrt, lässt den Blick über den menschenleeren, nebelverhangenen Schlossplatz schweifen. Regen liegt in der Luft. Welch krankes Hirn verfrachtet einen Toten nach dessen Beerdigung zur zwanzig Kilometer entfernten Kreisstadt? Warum legt man ihn, verpackt in einen Leichensack, hier an prominentem Ort ab, wo er möglichst bald entdeckt wird? Corinna Schmidt schüttelt den Kopf und atmet tief durch.

Während der Notarzt seine sieben Sachen packt, sichten die Spusi-Beamten den Fundort der Leiche, die auf den Stufen vor dem Haupteingang des Simmerner Schlosses gelegen hat. Ein Frühaufsteher, der seinen Hund Gassi führte, war auf das merkwürdige Bündel aufmerksam geworden und hatte die Polizei informiert.

Am späten Nachmittag erhält Doktor Giesen die Aufforderung, auf dem Friedhof in Willmerod eine „frische Leiche" in Augenschein zu nehmen. …

Die Dämmerung kriecht bereits heran, als er zwischen Gräbern auf die Gruppe zueilt, die unschlüssig neben einem aufgeschütteten Erdhügel verharrt. Kommissarin Schmidt nickt ihm zu und meint: „Was ich befürchtet habe, Doktor. Der hiesige Gemeindediener Peter Panofski."

Sie zeigt auf den Mann in Arbeitsmontur, der neben der Grube in einem geöffneten Sarg liegt, und stellt trocken fest: „Marlows Sarg."

Da meldet sich Melissa, der Klingelton ihres Handys. *Sie möchten doch nicht wie Panofski enden, oder?*

Eine SMS wie ein Hammerschlag.

Corinnas Blick eilt Richtung Kirche, über der gerade eine Drohne kreist, die im selben Moment abdreht und hinter dem Glockenturm verschwindet. Zerfetzte Wolken jagen Richtung Osten, als hätten sie ein Ziel. Kollege Jörg Bachmann starrt die Kommissarin mit finsterer Miene an; auch er hält das Smartphone in der Hand und zeigt ihr die gleiche Nachricht her: *Sie möchten doch nicht wie Panofski enden, oder?*

Doktor Giesen, der den Toten zur Seite gedreht hat, richtet sich auf, zeigt auf den Hals und erklärt: „Die Luftröhre ist zerquetscht … vermutlich Genickbruch."

Bei diesen Worten trifft die von Schmidt benachrichtigte Oberstaatsanwältin ein und lässt sich über den Stand der Ermittlungen informieren. Für einen Moment dominiert die exotisch anmutende Erscheinung in Jeans und dunkelblauer Windjacke das Terrain.

„Genaueres wird die Obduktion ergeben, Frau Löwenbrück."

Sie nickt und veranlasst das Nötige. Dann verabschiedet sie sich wegen eines dringenden Termins.

Aus dem unweit des Gottesackers gelegenen Pfarrhaus stakst ein schwarz gekleideter, grobschlächtiger Mann asiatischen Aussehens heran und sagt, ohne sich namentlich vorzustellen, er vertrete Pfarrer Simon, der aus privaten Gründen verhindert sei. Bereits bei der Beerdigung tags zuvor ist er Corinna aufgefallen:

rundes Gesicht mit schräg stehenden Luchsaugen, kurzes Schwarzhaar über der Stirn, nach vorne drängende Wangen, die Hakennase flankierend, wuchtiges Kinn, fleckige Haut wie ein Alkoholiker.

Corinna wundert sich, dass Johannes Simon ihr, seiner Seelenfreundin, nichts gesagt hat. Aus zusammengekniffenen Augen fixiert sie den Fremden, der beim Anblick von Panofskis Leiche keine Regung zeigt. Allenfalls der Griff zum Kollar fällt Corinna auf, was er zu bemerken scheint. Jedenfalls streckt er sich, strafft die breiten Schultern, faltet die Hände, die Corinna an Schaufeln denken lassen, und bietet den fröstelnden Ermittlern an, sich im Gemeindehaus, gegenüber dem Eingang zum Friedhof, aufzuwärmen, was dankend abgelehnt wird. Die dünne Fistelstimme passt so gar nicht zu der kolossalen Erscheinung. Wie soll man mit einer solchen Stimme, die zudem einen sächselnden Unterton hat, in einer Hunsrückgemeinde predigen?, fragt sich Corinna. Irritiert registriert sie Johannes' rostroten Kastenwagen in der Einfahrt vor dem Pfarrhaus.

Die Spusibeamten setzen ihre traurige Arbeit fort. Später fährt ein Leichenwagen vor, um Panofskis Leiche zur Uni-Pathologie nach Mainz zu befördern; nach der Obduktion wird man sie zurücktransportieren und in einem eigenen Sarg und Grab auf Willmerods Todesacker beerdigen, Panofskis bisherigem Arbeitsplatz.

Dort wird auch Michael Marlows Leichnam wieder seinen Ruheplatz finden.

# Kapitel 2

## Am Simmerbach

„Der trennt gestern und morgen", seufzt Gunther Marlow und zeigt mit finsterer Miene Richtung Simmerbach, hinter dessen Weidensaum am anderen Ufer sich die in die Jahre gekommene Fassade des Alten- und Pflegeheims versteckt.

„Unser Bordfunk macht Hoffnung", versucht Leonhard Aron ihn zu trösten, der wie so oft morgens neben ihm auf der Bank sitzt. Mit dem Daumen zeigt er hinter seinen Rücken in Richtung Seniorenresidenz, in der er ein Appartement bewohnt.

Gunther schaut ihn von der Seite her an, um dann weiter das Weißbrot zu zerkrümeln, das seine beiden Entenpaare aus dem Wasser locken wird. Wie gewohnt kurven sie soeben um die Bachbiegung.

„Wenigstens auf die ist Verlass", raunt er.

„Ein bisschen neidisch kann man schon auf sie sein", schlägt Leonhard einen ähnlichen Ton an.

Gunther nickt und meint: „Da sagst du was."

„Du vermisst deine Maria?"

„Seither ging's bergab", ächzt Gunther, „immer nur bergab. Und jetzt auch noch Micha." ...

In das Schweigen hinein sagt Leonhard: „Vorher hast du ihn nie erwähnt."

„Ich habe ihn lange nicht gesehen."

Ein Blick zur Seite lässt Leonhard das Thema wechseln, obwohl er dem Satz keinen Glauben schenkt. Zu zögerlich ist er Gunther über die Lippen gekommen und zu bedacht. Von Michas Beerdigung haben Annemie, Beatrice und er unerklärlicherweise erst im Nachhinein erfahren.

Um nicht erneut schweigen zu müssen, fragt er: „Minago ist nun auch für dich ein wenig Familienersatz, oder?"

„Bis auf Elias, Leonhard, du weißt, was er mir bedeutet."

„Um deinen Sohn beneide ich dich", gesteht Leonhard, nicht zum ersten Mal. „Ein patenter Junge, klug und rücksichtsvoll."

„Du hattest nie den Wunsch, Vater zu werden?", fragt Gunther.

„Doch, doch. Die Chance habe ich verpasst, leider."

Gunther unterbricht sein Krümeln und sucht Leonhards Augen. Der räuspert sich und sagt: „Ich bin froh, Beatrice wieder um mich zu haben."

„Muss ich das verstehen?"

„Eine alte Geschichte, Gunther, eine lange Geschichte. Vielleicht erzähle ich sie dir einmal. Jetzt nicht."

Gunther ködert seine zwei Entenpaare mit zusammengepressten Bröseln, die auf dem Wasser kreisförmige Wellen um sich herum auslösen. Die vier Enten watscheln heran und streiten sich schnatternd um die Bröckchen, die er ihnen nun gezielt mal hie, mal da ans Ufer wirft, jeweils eines nach dem anderen.

„Warum machst du das?", wundert sich Leonhard.

„Ein Spiel", antwortet Gunther beiläufig, „nur ein Spiel. Sie reagieren wie erwartet."

„Vielleicht fällt unsrem Club bald mal eine echte Knobelaufgabe vor die Füße."

Leonhards schmunzelnd vorgetragener Wunsch lässt urplötzlich Gunthers tiefliegende Augen aufflackern, so als seien seine Lebensgeister geweckt worden.

„Könnte sein", sagt er mit dem Anflug eines Grinsens im bleichen Gesicht.

„Wie meinst du das?", fragt Leonhard, der aus seinem noch recht neuen Bekannten nicht richtig schlau wird.

„Nur so", antwortet Gunther und setzt ein Pokerface auf.

„So nur", ruft Annemie, die auf einmal vor ihnen steht, lachend, „lässt sich das Älterwerden Tag für Tag ertragen."

Sie verteilt selbstgebackene frische Croissants. Da biegt Beatrice um die Ecke, zieht aufgetürmte Pappbecher auseinander, reicht jedem einen und gießt Kaffee aus einer Thermoskanne ein.

„Rückt mal zusammen, ihr Grübler", sagt sie und platziert sich neben Leonhard, während Annemie Gunther auf die Pelle rückt, was ihm durchaus zu gefallen scheint.

Auch die Enten bekommen unerwarteten Nachschub; eine Brise weht ihnen herabfallende Blätterkrümel der Croissants vor die Füße.

Beatrice zückt ihr Smartphone und reicht es einer Spaziergängerin mit der Bitte, das „Quartett mit Entenpaaren" zu fotografieren.

„Van Gogh hätte es gemalt", sagt sie augenzwinkernd zu Leonhard.

„Ströher vielleicht auch", meint er lächelnd.

Gunther, dessen Lider zu zittern beginnen, wirft den Enten entschlossen die restlichen Brotkrumen entgegen.

Annemie seufzt.

Ein von der Leine gelassener kläffender Köter vertreibt die Wildenten. Sie pflügen sich mit kraftvollen Stößen durch den Simmerbach ans andere Ufer, wo schwankendes Gestrüpp schaukelnde Schatten übers Wasser schickt.

# Kapitel 3

# Leonhard

Minago nennen wir uns. Wir, das sind Annemie, Gunther, Beatrice und meine Wenigkeit. Ich komplettiere das rüstige Debattierquartett.

Sagen wir's mal so. *Tatort*-geschichtlich betrachtet, sind wir Alten modern: Zwei Frauen und zwei Männer ermitteln gemeinsam bislang ungelöste Fälle, sogenannte Cold Cases.

Unsere Mitstreiterinnen, beide geistreich und gewitzt, haben übrigens die fabulöse Fähigkeit, nahezu alterslos zu wirken. Vor allem Beatrice könnte ihre eigene Tochter sein. Nur wenige Fältchen belagern Augen und Mund. Und ihre Haare haben nichts an Fülle verloren, jener sinnliche Überfluss, dem sich ihr Ruf verdankte. Damals fehlte mir die Entschlossenheit. Mal sehen, was sich entwickeln wird. … Wie liebe ich es, wenn ältere Frauen es nicht aufgeben, attraktiv sein zu wollen!

Kaum habe ich mein Faible zu Papier gebracht, springt Murr auf das Fenstersims vor dem Schreibtisch, katzenbuckelt und spitzt die Ohren. Am äußersten Dachrand küssen sich zwei Tauben. Ich denke an Dante, den Höllenwanderer, der nicht nur aus Mitleid ohnmächtig wird, sondern aus Neid, weil Paolo und Francesca zwar in der Hölle sind, aber gemeinsam. Er, Dante, wird das Paradies zwar betreten, allerdings seine Jugendliebe Beatrice nie erobern. …

13

Indes erfüllt sich für mich aktuell unerwartet ein doppelter Traum: im Team mit klugen und, wie ich hoffe, integren Mitstreitern einen hochkomplexen Kriminalfall detektivisch aufklären, dabei in die Rolle eines *Tatort*-Kommisssars schlüpfen; zudem das Fahndungsgeschehen, das ich täglich protokolliere, literarisch verarbeiten, um endlich meinen Roman zu schreiben. Raub, Mord und Totschlag ziehen immer. Einen Titel habe ich bereits: *Zielscheibe Ströher.* Über den Romanschluss sollte ich mir möglichst bald klarwerden. Denn einen Kriminalroman muss man in Kenntnis des Ausgangs schreiben, um frühzeitig die Fährten legen zu können.

Im bürgerlichen Erwerbsleben war ich jahrzehntelang Deutschlehrer. Neidisch habe ich auf die kreativen Werke der Musik- und Kunstkollegen gehört und geschaut, selbst aber im eigenen Fach nicht einen künstlerischen Versuch gestartet. Die Aussicht, im fortgeschrittenen Alter das nachholen zu können, lässt mein Herz höherschlagen. …

Sonntagabends, Viertel nach acht. *Tatort.* Als Ältester von drei Kindern durfte ich gemeinsam mit Vater vor dem Fernseher dem kollektiven deutschen Läuterungsprozess beiwohnen. Wahrheitsliebende, erdige, wenngleich biedere Kommissare wie Haferkamp, Bienzle und Brinkmann überführten regelmäßig die Bösen. Wie tröstlich! Am Ende triumphierten Rechtsstaat und Vernunft in dieser verweltlichten Sonntagabendpredigt. So wurde ich zum Krimifan. In den ersten Jahrzehnten gab es noch nicht die in sich zerrissenen, desillusioniert-zynischen Antihelden vom Kaliber eines Peter Faber, den Dortmunder Ermittler meine ich. Was machen solche Misanthropen mit dem Zuschauer?

Die klassische *Tatort*-Melodie meines Handys signalisiert noch heute jeden eingehenden Anruf.

Lehrer wurde ich, um junge Menschen gegen zerstörerische Grenzüberschreitungen zu wappnen, wie sie der *Tatort* jahrzehntelang ins Bild gesetzt hat. Gleichwohl auch, vermute ich, weil Mutter gerne Lehrerin geworden wäre.

Mittwochs, immer nachmittags nach dem Gottesdienst, also quasi mit pastoralem Segen, Gedankenaustausch des Viererclubs Minago im Wintergarten der Seniorenresidenz; exklusiv für uns reserviert.

In der Gerüchteküche brodelt es seither. Dabei haben die neunmalklugen Neugierigen es nicht einmal geschafft, den Clubnamen zu entziffern.

In dem Zusammenhang sollte ich unsere Minago-Basics präsentieren. Ansonsten mögen wir Anglizismen genauso wenig wie den ganzen Gender-Unsinn, nebenbei bemerkt. Wir wollen uns nicht von selbsternannten Sprachjakobinern gängeln lassen, basta!

Nun also:

Über Krankheiten reden wir nicht. Obwohl wahrscheinlich jeder von uns täglich die eine oder andere Pille einwirft.

Urlaube sind in unserem Club kein Gesprächsthema. Ansonsten gibt es kaum Tabuthemen.

Es findet kein Wettbewerb um das schönste Enkelfoto statt.

Rotwein ist unsere bevorzugte Flüssignahrung, und zwar unabhängig von der Tageszeit.

Regelmissachtung ist in unserem Alter erlaubt, vor allem wenn sie dem Ermittlungserfolg zuträglich ist.

Altersbedingt und -erfahren wollen wir nichts dem Zufall überlassen.

Unser neuer Fall, endlich ein realer Fall im Hier und Jetzt, ist uns auf den Leib geschnitten; so viel sei vorweg verraten: Kunstraub. Ein Gemälde des Hunsrückmalers Karl Friedrich Ströher wurde entwendet, Glanzstück unter dem Dach des Hunsrück-Museums im Simmerner Schloss, dessen Kuppel ich von meinem rückseitigen Balkon aus im Blick habe. Den vermutlichen Dieb hat es bei seiner Festnahme hinweggerafft. Er ist bereits unter der Erde.

Sein Bruder ist zur Zeit nach einem leichten Schlaganfall Insasse des Alten- und Pflegeheims Doktor Theodor-Fricke vis-à-vis vom Simmerbach. Mit ihm, dem einundsiebzigjährigen ehemaligen Leiter einer Kreissparkasse, habe ich mich ein wenig angefreundet. Wir treffen uns morgens nach dem Frühstück auf der Parkbank am Simmerbach und füttern die Enten. Vor kurzem ist er Minago beigetreten. Sobald eine Wohnung in unserer Seniorenresidenz frei wird, möchte Gunther bei uns einziehen, also auf der optimistischeren Seite des Simmerbachs.

Apropos Simmerbach: Ist er die Grenze zwischen gestern und morgen, zwischen verriegelter Gegenwart und Zukunft, zwischen kaum noch und dennoch? Dort, im Alten- und Pflegeheim, steht man mit dem Tod quasi auf Du und Du, hier glaubt man, diese Begegnung hinausschieben zu können.

Wie dem auch sei. Die Kunst des Lebens ist es, aus dem Leben hin und wieder Kunst zu machen, nicht zuletzt beim Älterwerden.

Das setzt einiges voraus, vor allem die seltene Fähigkeit, sich selbst von außen zu betrachten. Schreiben hilft mir dabei. Auch beim dialektischen Pendant, nämlich mehr über mich selbst herauszufinden, mir selbst auf die Spur zu kommen. Was wahrlich nicht einfach ist, denn diese Spurensuche in eigener Sache läuft immer Gefahr, dass ich mich um unangenehme Einsichten herumdrücke, dass ich mir einen roten Faden stimmiger Biografie zurechtspinne und alles, was nicht dazu passen will, ausblende. Wieviel Einsicht in eigenes Fehlverhalten vertrage ich überhaupt? Die Frage möchte ich schon austesten. Bin gespannt, ob ich bei und nach diesem mentalen Striptease weiter in den Spiegel schauen kann.

Bei Gunther habe ich bislang den Eindruck, dass er kaum etwas über sich weiß. Jedenfalls hält er sich da mehr als bedeckt, wahrt immer einen Sicherheitsabstand. Ich frage mich, wie man damit überhaupt so alt hat werden können. Aber vielleicht irre ich mich. Ich gucke ja nicht in seinen Kopf hinein. Jedenfalls werde ich Augen und Ohren offenhalten. Auch was Annemie und vor allem was Beatrice betrifft.

# Kapitel 4

## Verfolgung

Er springt aus dem Bus, schaut weder nach links noch nach rechts und rennt über die glitschige Straße, begleitet von quietschenden Bremsen und wütendem Hupen wild gestikulierender Autofahrer. Er wird von Wind und Regen gepeitscht. Gesenkten Kopfes taucht er ab in den Strom der Passanten, die sich unter Schirmen und Kapuzen wegducken. Über Mainz hat es sich eingeregnet, Aprilwetter.

Verdammt, er darf ihr nicht entkommen, schließlich könnte er der Schlüssel sein. Schmidt stemmt die Arme in die Hüften, wippt auf die Zehenspitzen und reckt den Hals, um über die Köpfe der trotz des unwetterartigen Sturms dicht gedrängten Menschen hinwegzuschauen. Sinnlos, die Nadel im Heuhaufen. Wo könnte er Unterschlupf finden? Im Dom? Sein Hang zum Metaphysischen, von dem ihr Emilie berichtet hat - ohne dass sie, Corinna, argwöhnisch geworden wäre.

Die Kommissarin dreht nach rechts ab, nimmt einen Umweg in Kauf, um der Masse zu entgehen. …

Einer der zotteligen, zahnlosen Stammbettler auf den Steinstufen zuckt hektisch mit dem Kopf in Richtung Hauptportal, als sie heraneilt, so als wolle er signalisieren, dass gerade jemand, der es ebenfalls eilig hat, hineingestürzt sei. Schwer atmend lässt sie drinnen ihren Blick kreisen; die massive Domtür fällt mit einem trockenen Klack hinter ihr ins Schloss. Ihre Augen bleiben an dem Rücken einer Person in dunklem Kapuzenpullover hängen, die vor dem Hauptaltar kniet. Er könnte es sein. Sie geht hinter einem der mächtigen Steinpfeiler in Deckung und beobachtet ihn. Plötzlich nähert sich ihm eine Frau mit Kopftuch, die einen dunkelroten Mantel trägt, und spricht ihn an.

Der Mann erhebt sich langsam und nimmt die Frau in die Arme. Als sich beide in Schmidts Richtung umdrehen, fährt ihr der Schreck in die Glieder. Mit allem hat sie gerechnet, nur damit nicht. Wo ist das Mauseloch, in das sie kriechen könnte?

Tags zuvor hatte Corinna ihr ein nachträgliches Geschenk zum Geburtstag überreicht. Annie Ernaux' *Eine Frau*. Der Geschichte ist ein Motto vorangestellt, wie Corinna sich erinnert, eine frappante Einsicht Hegels: „Wenn man sagt, daß der Widerspruch nicht denkbar sei, so ist er vielmehr im Schmerz des Lebendigen sogar eine wirkliche Existenz." Was zu beweisen war, denkt sie sich. Geheimnisse zu bewahren ist nicht einfach. Lebenslügen rächen sich letztendlich. Johannes, Corinnas Lebensfreund, hat es ihr prophezeit. Sie hat es nicht wahrhaben wollen. ...

Die beiden nehmen den Seitenausgang. Vorsichtig folgt sie ihnen, dem potentiellen Diebeskomplizen und der Verräterin. Keine Zeit jetzt über die schmerzliche Desillusionierung nachzudenken. Professionelle Distanz ist angesagt.

Zwei Tage zuvor hatte er sich nach der Beerdigung des Onkels der Befragung entziehen können: Elias Marlow, Mainzer Elektrotechnik-Student, Hobby-Philosoph und Musensohn, der möglicherweise in einen Diebstahl verwickelt ist. Der hat im Kreisstädtchen Simmern, wo Elias Abitur gemacht hat, Wellen geschlagen. Sein schräger Onkel Micha Marlow entwendete eines der wertvollen Gemälde des überregional bekannten Malers Friedrich Karl Ströher aus dem Hunsrück-Museum: *Irmenacher Bäuerinnen bei der Heuernte.* ...

Elias Vater Gunther ist gegenwärtig in Simmern in einem Pflegeheim. Man müsse ja schließlich die Ödnis des Heimalltags, den Rhythmus von Schlafen, Essen, Physio und punktuellen Veranstaltungen vor Ort besiegen, hat er ihn wissen lassen. Zu Elias' Verwunderung bat sein Vater, ihm einerseits ein Prepaid-Handy und andererseits einen Ausstellungskatalog zum Werk des Hunsrückmalers Ströher zu besorgen. Anders als Onkel Micha habe er nämlich in seinem Leben gelernt, dass man, um lukrative Geschäfte erfolgreich über die Bühne zu bringen, in der Sache bestens vorbereitet sein müsse. ...

Im letzten Moment sieht Kommissarin Schmidt, wie Emilie und Elias in einer großen Buchhandlung verschwinden.

„Schau dich nicht um, Emilie. Ich habe den Eindruck, jemand verfolgt uns."

Elias nimmt ihre Hand, beschleunigt seine Schritte und eilt auf die Buchhandlung Am Brandt zu. Drinnen schnappt Emilie, obwohl es stickig ist, nach Luft.

Sie stöbern in einem Regal mit Neuerscheinungen, behalten dabei aber die Eingangstür im Blick.

Der Buchtitel *Treue* sticht Emilie ins Auge. Sie blättert in dem Roman eines ihr unbekannten italienischen Autors namens Marco Missiroli und stößt auf die ernüchternde Selbsteinschätzung des männlichen Protagonisten, die sie Elias vorliest: „Du bist die Geisel eines Romans, den du nie schreiben wirst. Dozent bist du ganze sechs Stunden in der Woche, im wahren Leben schreibst du Urlaubsbroschüren zusammen und überlebst nur dank der monatlichen Zuwendung deiner Familie, was du aber zu verheimlichen versuchst. Du verkörperst sämtliche männlichen Stereotype.' ... Das Buch kaufe ich dir", kündigt sie schnippisch an.

Elias grinst säuerlich und fragt: „Was willst du mir damit sagen? Ich habe weder vor, einen Roman zu schreiben, noch verheimliche ich ..." Mitten im Satz unterbricht er sich und seine Augen fixieren eine Frau, die prüfenden Blicks von draußen durch die Glasfassade zu ihnen herüberschaut.

„Kennst du die?", flüstert er und blinkt mit den Augen zur Fensterfront.

Als Emilie sich vorsichtig zur Seite dreht, ist die Frau verschwunden.

„Du wolltest nur ablenken", seufzt sie und tippt auf die Seite des Buchs, aus dem sie vorgelesen hat.

„Nein, nein, da hat uns jemand gezielt beobachtet: eine schlanke, schätzungsweise Fünfzigjährige, dunkelhaariger Kurzhaarschnitt, sportliche, braune Raulederjacke über einem dunkelblauen Jeansoverall."

Die Hinweise lassen Emilies Nasenflügel erzittern und ihre Brauen schießen hoch, was Elias aber entgeht, der sich soeben den unerwünschten Kommentar eines Kommilitonen anhören muss. Der hat ihnen, ohne dass sie es merkten, zugehört.

„Mit den Stereotypen trifft deine Freundin den Nagel auf den Kopf", lästert er.

„Niemand hat dich um deine Meinung gefragt", bügelt Elias ihn ab und wendet sich mit den Worten: „Lass uns im Café Dinges weiterreden!", Emilie zu. Sie begibt sich zur Kasse, um die *Treue* zu kaufen. …

„Du hast also nicht vor, einen Roman zu schreiben", nimmt sie den Gedanken von Missirolis Erzähler wieder auf.

„Ganz bestimmt nicht. Lieber erlebe ich so etwas wie einen Roman."

Mit zusammengekniffenen Augen schaut Elias zu Emilie hin, die in ihrem Eiskaffee rührt.

„Bin übrigens gerade dabei", deutet er an und schaufelt sich ein Stück Kuchen in den Mund.

„Da bin ich aber mal gespannt", murmelt sie mit skeptischem Unterton.

„Ich sage nur … Kunstraub im Museum Simmern", grummelt er, die Backen voller Käsesahne, „vielleicht hast du davon gehört."

Sie nickt und sagt: „War letzte Woche tatsächlich einer kurzen Erwähnung in den SWR-Nachrichten wert. Das Gemälde eines Hunsrückmalers, wenn ich es richtig in Erinnerung habe, oder?"

„Ströher heißt der", informiert Elias.

„Nie gehört."

„Muss man auch nicht kennen, ein Außenseiter, dennoch eine interessante Künstlerfigur. Er ist in meinem Heimatort Irmenach geboren und … gestorben."

„Ich dachte, du kommst aus Simmern?"

„Andere Geschichte. Geboren bin ich in Irmenach. Dort hab ich meine Kindheit verbracht. Dann zogen wir in den Vorderhunsrück, nach Willmerod. Mein Vater war Bankkaufmann und ergatterte in Emmelshausen eine Führungsposition. Ich wechselte vom Gymnasium Traben-Trarbach nach Simmern. Hat sich gelohnt."

„Zeigst du mir mal dein verwunschenes Irmenach?", flötet Emilie.

„Mal sehen. Also, der Ströher Karl, wie man ihn nannte. In seinen Lehr- und Wanderjahren war er in Zürich, Paris und Berlin, wo er seine Frau Charlotte kennenlernte. Ströhers Leben und Werk findet fast ein Jahrhundert nach seinem allzu frühen Tod 1925 zunehmend Beachtung. Was sich auch in den aufgerufenen Preisen niederschlägt."

„Du bist gut informiert."

„Aus guten Gründen", raunt er und reibt sich das Kinn. Dann fährt er fort: „Einige seiner schönsten Aquarelle, Gemälde und Skulpturen kannst du übrigens im Rheinischen Landesmuseum hier in Mainz bewundern. Wenn du willst, begleite ich dich."

„Und du bist allen Ernstes in die Sache verwickelt?", fragt sie lauernd, ohne auf seinen Vorschlag einzugehen.

„In gewisser Weise schon", antwortet er nach einer Schweigeminute und wippt auf dem Stuhl hin und her, „ein andermal mehr davon." „Schade, jetzt wo's spannend wird", mosert sie. „Ich mag's nicht, wenn man einem die Nase lang macht und dann kneift."

„Wie war das noch mit der Unterstellung männlicher Stereotype?", fragt er ungerührt.

„Quod erat demonstrandum", quittiert sie seinen Themenwechsel.

„Männlich? Ich bitte dich, Emilie. Die Marotte kenne ich von meiner Mutter. Die bügelte einen mit der Bemerkung ab: ‚Darüber reden wir ein andermal!‘"

„Aha, daher kommt's also", meint sie.

„Also?"

„Hatte die Frau, die du gesehen hast, Ähnlichkeiten mit der ‚Tatort‘-Kommissarin Lena Odental, die aus dem Ludwigshafener Krimi, meine ich?", will sie unvermittelt wissen.

„Könnte sein", sagt er und kratzt sich an der Schläfe, „warum fragst du?"

„Die kenne ich, die kenne ich sogar sehr gut", erklärt sie und blickt um sich, „ein andermal mehr davon."

Bei diesem Hinweis vibriert ihr Smartphone.

*Hi, Emilie, ich übernachte im* Hilton, *neben dem* Unterhaus, *Nebenstraße* Schillerplatz. *Lade dich dorthin ein. Habe euch gesehen. Kannst deinen Freund mitbringen. Muss ihm ohnehin ein paar Fragen stellen. Ansonsten wird er die nach Vorladung in der Polizeiinspektion zu beantworten haben.*

*Gruß Corinna*

Emilie zeigt Elias den Text her. Der grinst und sagt: „Die Hilton-Speisekarte ist dürftig, aber die Snacks sind lecker. Erfahrung beim Ferienjob."

# Kapitel 5

## In der Hotelbar

„Hallo Elias, lange nicht gesehen", ruft ihm der Barkeeper zu, als er mit Emilie auf die Lounge zusteuert, wo sie erwartet werden.

„In den Semesterferien werde ich wieder bei euch jobben, Jonas", antwortet Elias lachend, um dann an dem Ecktischchen neben Emilie Platz zu nehmen, die ihn und Corinna Schmidt miteinander bekannt macht. Im Fenster zum Innenhof in Emilies Rücken zittern Blätter einer sonderbaren Pflanze.

Die Kommissarin mustert den aufgeräumten jungen Mann mit strengem Blick und fragt ohne Umschweife, wo er am vorletzten Sonntag auf Montag gegen Mitternacht gewesen sei.

Während Jonas ein Schälchen Erdnüsse abstellt und nach den Getränken fragt, konsultiert Elias sein Smartphone und sagt, ohne mit der Wimper zu zucken: „Da habe ich meinen Onkel Michael Marlow aus einer verzwickten Lage befreit."

„Aha!", sagt Schmidt mit geweiteten Augen und streicht sich eine widerspenstige Strähne hinters Ohr.

Elias lehnt sich zurück, verschränkt die Arme hinter dem Kopf und sagt: „Nun, er hatte sich am späten Nachmittag im Simmerner Hunsrück-Museum die aktuelle Ströher-Ausstellung angeschaut und war, wie er mir sagte, beim intensiven Studium eines Bildes eingenickt."

„Wollen Sie mir gerade einen Bären aufbinden?", mokiert sich die Kommissarin.

„Keineswegs. Das ist ihm in letzter Zeit mehrfach passiert. Zu niedriger Blutdruck, wissen Sie. Als er aufwachte, waren bereits alle Außentüren verschlossen. Per Handy informierte er mich und bat mich, ihm mit einer Leiter aus der Patsche zu helfen."

„Stunden später?". fragt Schmidt spitz.

„Ich musste erst einmal von Mainz nach Simmern kommen", erklärt Elias. „Hab kein Auto."

„Und en passant hat Ihr Onkel ein Ströher-Gemälde mitgehen lassen."

„Keine Ahnung, was er in seinem Rucksack hatte."

„Ich frage mich, warum Sie mir das nicht nach der Beerdigung gesagt haben. Stattdessen haben Sie sich fluchtartig vom Todesacker gemacht." „Fragen Sie Emilie", antwortet Elias und wendet sich augenzwinkernd seiner Freundin zu, die mit geröteten Wangen auf dem Stuhl etwas nach hinten gerutscht ist, an der Unterlippe kaut und an ihrer Halskette fingert: „Ich lasse euch mal alleine. Ihr habt einiges miteinander zu besprechen, schätze ich."

Er steht auf und stakst zur Theke, setzt sich auf einen Hocker und bestellt bei Jonas ein Bier. …

„Ist er tatsächlich vor dem Ströher-Gemälde eingeschlafen?", will Emilie wissen, als sie später den Schillerplatz Richtung Jonas' Studenten-WG passieren.

„In gewisser Weise schon", sagt er schmunzelnd. „Anders als mein Vater ist beziehungsweise war Onkel Micha ein Philosoph."

„Muss ich das verstehen?", rätselt Emilie und schmiegt sich an.

„,Wenn ich mich in etwas verliebt habe, dann möchte ich es genießen', hat er mir erklärt, ,und dabei muss es still sein, um mich herum und in mir.'"

„Deshalb also hatte er es darauf angelegt, am Abend alleine im Museum das Bild zu sich sprechen zu lassen, ungestört. Mhm", sinniert Emilie, „das kann ich verstehen. ... Den Gedanken würde ich gerne Corinna mitteilen – einverstanden?"

„Okay", sagt Elias grinsend. „Die Liebe zu Ströhers *Bäuerinnen bei der Heuernte* ...",

„... hat sich an dem Abend in den Wunsch verwandelt, das Liebesobjekt zu besitzen", unterbricht ihn Emilie. „Wo aber ist das Liebesobjekt jetzt?"

„Ich hab da 'ne Vermutung", grummelt Jonas, umarmt Emilie und küsst sie ungeniert vor seinem Hauseingang.

„Cool, wie du Corinnas Attacke pariert hast", sagt sie.

„Die hat den Sack geschlagen, aber den Esel gemeint", sagt er und erntet prompt einen Knuff Richtung Magengrube.

„Eselin, meinte ich", sagt er mit gespieltem Stöhnen und geht in Deckung.

# Kapitel 6

## Frauenpower im Minago-Club

„Ergänzen wir uns auch so toll wie Gunther und Leonhard?", fragt Annemie mit gespitztem Mund.

Beatrice' Augen glänzen ein wenig vom Rotwein, dem sie allabendlich mit ihrer Freundin mal in deren, mal in ihrem Appartement zuspricht. Heute also bei Annemie.

„Also, ich weiß nicht. Wir haben schon mehr Gemeinsamkeiten als die zwei."

„Sehe ich auch so", pflichtet Annemie ihr bei. „Die leben doch eher auf jeweils unterschiedlichen Planeten, oder?"

„Stimmt, Gunther, der *Zahlenmensch*, Leonhard, der *Bücherwurm*, der *Maulwurf* und *Adler* zugleich sein will", sagt Beatrice, die solche Wörter kursiv zu sprechen pflegt, lachend und verteilt den Rest des Rotweins auf beide Gläser.

„Noch 'ne Flasche?"

„Warum nicht?", kichert Annemie, „weitere Laster haben wir ja nicht. Von der einen oder anderen Zigarette mal abgesehen. Und Autofahren müssen wir auch nicht mehr."

Sie schlurft, leicht schwankend, zur Kücheninsel, um eine weitere Flasche ihres Lieblingsweins zu entkorken. Jede Woche liefert REWE ihr eine Kiste Primitivo, nebst mehr oder weniger alltagsnützlicher Dinge.

„Seit dem sechsundsechzigsten Geburtstag", gluckst sie, „habe ich aufgehört, auf die Ermahnungen meines Arztes zu hören."

„Warum beim sechsundsechzigsten?"

„Zahlenmystik. Ich bin abergläubig, meine Liebe."

„Mhm. ... Ich sollte also ab Herbst deinem Beispiel folgen, Annemie?", raunt Ärztin Beatrice und verdreht dabei die Augen.

„Wir sollten übrigens mal die Partner wechseln", wechselt sie dann unvermittelt das Thema. „Ich möchte auch mal auf die Gewinnerstraße einbiegen."

Das scheppernde Geräusch, mit dem die Bälle in die Ausgabeschiene fallen, hat sie im Ohr.

„Kann ich verstehen", räumt Annemie ein, „der Leo erkennt blitzschnell die Lücken in eurer Abwehr und zack, ballert er die Kugel ins Tor. Da ist dein Abwehrmann Gunther, sagen wir mal, reaktionsschwach."

„Motorisch stimmt das", sagt Beatrice, „vielleicht aber auch gedanklich. Ergebnis jahrelanger Schreibtischarbeit in der Bank, oder?"

„Könnte sein. Allerdings, wie der Leo sich die Bälle zwischen den Reihen zuschiebt, das ist schon Extraklasse."

„Er war mal Tischfußballmeister, hab jedoch vergessen, wo", murmelt Beatrice. Dann sagt sie mit keckem Augenaufschlag: „Morgen Abend schauen wir unten im Fernsehraum gemeinsam Bayern gegen ... wer ist nochmal der Gegner?"

Ihre Worte beginnen bereits sanft und warm ineinanderzufließen.

„Hab's auch vergessen, egal", lallt Annemie. „Die Bayern hauen ohnehin jeden Gegner weg und wir sind alle Gewinner."

„Na dann Prost!", zwitschert Beatrice.

„Ich bringe zwei Flaschen Rioja mit – oder besser drei, unsere Herrschaften bechern beim Zugucken ja gerne."

Bei diesen Worten prusten beide los.

# Kapitel 7

## Auftaktsitzung der Soko „Kunstraub Ströher"

„Zwei Leichen, ein zwielichtiger Aushilfspfarrer, SMS-Drohungen, obendrein ein Aufsehen erregender Kunstdiebstahl", bringt die Soko-Chefin, Hauptkommissarin Schmidt, die Faktenlage auf den Punkt. Zur Auftaktsitzung hat sie die von Oberstaatsanwältin Löwenbrück ins Leben gerufene Soko „Kunstraub Ströher", also ihr seit Jahren bewährtes Team im Besprechungsraum der Polizeiinspektion Simmern versammelt. „Was will man mehr", sagt sie süffisant und schaut in die Runde.

Kollege Bachmann räuspert sich und stellt die richtigen Fragen.

„Warum buddelt jemand den infolge eines Infarkts verstorbenen Kunsträuber aus, um ihn öffentlichkeitswirksam vor dem Haupteingang des Neuen Simmerner Schlosses zu präsentieren?"

„Zur Abschreckung oder Bestrafung?", rätselt Oberkommissarin Wunderlich. „Doch wofür?"

Jörg fährt achselzuckend fort: „Warum bringt jemand den Totengräber von Willmerod um die Ecke, um ihn in dem freigewordenen Sarg und Grab Marlows verschwinden zu lassen?"

„Um von etwas anderem abzulenken", vermutet Lukas, „oder grundlos, einfach so. Krankes Hirn vielleicht."

„Denkbar", sagt Bachmann und fragt weiter: „Wer droht dir, Corinna, und mir mit einem ähnlichen Ende wie Panofski? Mit welcher Absicht droht man uns? Hat jemand in der Angelegenheit die Drohne über den Friedhof gesteuert? Wenn ja, wer? Wer ist dieser dubiose Asiate, der sich als Stellvertreter des Pfarrers ausgibt? Wo ist der, wo ist Johannes Simon abgeblieben?"

„Wow, ein Strauß von Fragen, Jörg", seufzt seine Lebensgefährtin Beate, „wo anfangen? Wenn es recht ist, kümmere ich mich darum, wie der Diebstahl vonstatten gegangen ist, Corinna, also Erkundigungen im Hunsrück-Museum und im Umfeld."

Ihre Chefin nickt. „Mach das, Beate!"

„Gibt es einen Zusammenhang zwischen dem Raub und den Todesfällen?", wirft Kommissar Castor ein.

„Das sind zwei Fragen, Lukas", gibt Schmidt zu bedenken.

„Stimmt, Corinna", sagt er mit gerunzelter Stirn, „das Gemälde an sich, also dessen Inhalt und Wert, sowie der Kunstraub. Ich werde mal mit dem Vorsitzenden der ‚Stiftung Ströher' Kontakt aufnehmen. Bei meiner Recherche bin ich übrigens auf eine makabre Koinzidenz gestoßen."

Mit dem Hinweis weiß er sich die Aufmerksamkeit der Kollegen zu sichern.

„Beide, Maler wie Dieb, starben an schwachem Herzen, beide recht jung, in den Fünfzigern."

„Schlaues Kerlchen, unser Lukas."

„Wir beide, Jörg", übergeht die Chefin Bachmanns nicht gerade unerwartete Frotzelei, „wir recherchieren in Willmerod. Beim Besuch des Asiaten hätte ich dich gerne dabei. Ich habe übrigens einige Informationen eingeholt."

„Aha?"

„Johannes, ich meine Pfarrer Simon hat tatsächlich am Tag vor der Beerdigung Marlows sein Presbyterium darüber in Kenntnis gesetzt, dass er aus dringenden privaten Gründen für zwei Wochen verreisen müsse und in dieser Zeit von einem Herrn Han Wu vertreten werde. Den habe er bei einem Fortbildungsseminar kennengelernt. Merkwürdigerweise weiß der zuständige Superintendent darüber nicht Bescheid. Ein Pfarrer Han Wu finde sich auch nicht in seiner Personaldatei. Meine Versuche, Johannes Simon per Handy zu erreichen, hat jeweils seine Mailbox abgewürgt."

Oberkommissar Bachmann reibt sich über die Glatze und fügt hinzu: „Auch über Panofski wissen wir kaum etwas. Ich werde mal Erkundigungen über ihn einholen."

„Mach das, Jörg!", sagt Corinna, um dann mitzuteilen: „Ich habe am frühen Morgen Herrn Wu angerufen und uns für vierzehn Uhr angekündigt, Jörg. Er hat mir auf Nachfrage mitgeteilt, gestern Nachmittag den Pfarrer zum Bahnhof nach Oberwesel gefahren zu haben. Die dortigen Überwachungskameras zeigen, wie Simon aus seinem Kastenwagen aussteigt und mit einem Koffer in die Bahnunterführung geht."

Die Sache mit Elias, dem Neffen des verstorbenen Kunsträubers, behält sie vorerst für sich.

# Kapitel 8

## Panofsky

„Zunächst einmal danke, dass Sie sich kurzfristig Zeit genommen haben, Herr Steeg", sagt Kommissar Bachmann, der im Büro des Willmeroder Bürgermeisters ihm gegenüber Platz genommen hat.

„Es wundert mich nicht, dass Sie mich sprechen wollen."

„Rätselhaft und überraschend wie Kurt Panofsky zu Tode gekommen ist, oder?"

„‚Überraschend'? Na, hinter die Einschätzung setze ich mal ein großes Fragezeichen", entgegnet Steeg und lehnt sich in seinem Sessel zurück, die Arme verschränkt.

„Wie das?"

„Biografisch, charakterlich und gesundheitlich", kommt Steegs Antwort wie aus der Pistole geschossen.

Bachmann schaut ihn aus großen Augen an.

„Fremdenlegionär, gewaltbereiter Streithansel ohne irgendwelche sozialen Bindungen und kettenrauchender Säufer."

„Und so jemanden haben Sie beschäftigt?"

„Ich habe ihn geerbt, Herr Bachmann", sagt Steeg achselzuckend. „Bin noch nicht lange Bürgermeister hier in Willmerod."

„Hm. Könnten Sie Ihre Einschätzung Panofskys vielleicht etwas konkretisieren?"

„Nun, allabendlich, manchmal schon früher Stammgast in ‚Gleis 3', unsere Gaststätte oben am

Radweg", sagt Steeg. „Ein unangenehmer Zeitgenosse. Schweigend kippt er ein Bier nach dem anderen in sich hinein. Mit steigendem Alkoholspiegel zettelt er Randale an. Vor kurzem hat er nach einer Beerdigung stark alkoholisiert Pfarrer Simon attackiert. Nur dank des tatkräftigen Eingreifens einiger Mitbürger konnte er in Zaum gehalten werden."

„Hat der Pfarrer Anzeige erstattet?"

„Wo denken Sie hin, Herr Kommissar. Simon hat sich im Gegenteil vorgenommen, seelsorgerisch auf Panofsky einzuwirken. Vergebliche Liebesmüh eines Idealisten, wenn Sie mich fragen."

„Als sein Arbeitgeber hätten Sie Panofsky kündigen können."

„Richtig. Ich habe mir das tatsächlich überlegt. Hat sich jetzt ja erledigt."

„Haben Sie eine Erklärung für sein Verhalten?"

Steeg reibt sich über das bärtige Kinn und sagt: „Überforderte alleinerziehende Mutter, die früh verstorben ist, keine Geschwister, Schulversager, keine Ausbildung, Hilfsarbeiter, Einzelgänger, schlimme Erfahrungen in Algerien, wie er mir gegenüber mal angedeutet hat, hoch verschuldet, kaputte Ehe. Im Suff hat er seine französische Ehefrau aus dem Fenster geworfen. Zum Glück nur Blessuren. Die hat dann mit den beiden Söhnen Hals über Kopf das Weite gesucht. Damit ist er erst recht nicht fertiggeworden."

„Da ist einiges zusammengekommen", kommentiert Bachmann.

„Alles in allem eine verkrachte Existenz", pflichtet Steeg ihm bei. „Die einzige Tätigkeit, die ihm anscheinend Spaß gemacht hat, war seine Aufgabe als Totengräber, so makaber das klingen mag."

„Logisch", meint Bachmann. „Wenigstens die hat ihm hin und wieder mal ein Gefühl von Macht verschafft, vermute ich."

„Könnte sein", sagt Steeg und kratzt sich am Hinterkopf. „Wissen Sie Genaueres, wie er zu Tode gekommen ist?"

„Die Ergebnisse der Pathologie dürften bald eintrudeln", sagt Bachmann und fragt: „Sozialbeerdigung?"

„Wird wohl so sein", antwortet Steeg und fügt hinzu: „Selbst wenn der Pfarrer dabei seine kürzeste Grabrede halten würde, was ich im Übrigen bezweifle, hätte die mehr Wörter, als Panofsky je gebraucht hat."

„Aha?"

„Der kam mit ‚Ei‘, ‚Och‘, ‚Jo‘, ‚Nä‘ und einigen derben Schimpfwörtern wie ‚Aaschloch‘ über die Runden."

„Bis der Schlussgong ihn endgültig aus dem Ring genommen hat", meint Bachmann. „Fragt sich nur, wer den Gong geschlagen hat?"

„Vielleicht sollten Sie am Abend mal im ‚Gleis 3‘ Mäuschen spielen. Am besten unauffällig mit Ihrer Partnerin beim Bier, natürlich Bitburger."

Noch am selben Abend setzt Bachmann mit seiner Lebensgefährtin Wunderlich Steegs Rat in die Tat um.

„Hod's dä näälisch Krobbsack aach erwischd", stellt einer trocken fest. „Nou hosde ääne Stammgast weenischa, Monika."

Die Wirtin zuckt die Achseln und sagt: „Dou sitzt jo schun uff'm Platz vunnem Kurt."

„Id falle ma schun paar Naame en, die froh senn, darra unna da Erd is."

36

Monika scheint dem Mann ein Zeichen gegeben zu haben. Jedenfalls wechselt er, nachdem er seinen Humpen mit einem Zug geleert und mit einem Kurzen nachgespült hat, unvermittelt das Thema, schwadroniert über die klägliche Vorstellung der örtlichen Fußballmannschaft beim letzten Heimspiel.

„Wäre wohl sinnlos gewesen, bei dem Zecher in Sachen Panofskys Ableben nachzuhaken", sagt Beate auf der Rückfahrt von Willmerod und Jörg nickt.

# Kapitel 9

## Auf dem Simmerner Wochenmarkt

„Welchen Pfeffer können Sie mir empfehlen?"

„Gemahlenen?"

„Ich bitte Sie, da kann ich ja gleich Staub übers Essen streuen!", entrüstet sich Beatrice.

„Okay. Schwarzer, weißer, roter oder grüner Pfeffer?"

„Welcher ist etwas milder?"

„Mhm. Der grüne, der wird nämlich schon zwei Monate vor der Reife geerntet,"

„Die Schärfe entsteht also erst bei der Reifung?"

„So ist es, junge Frau", flachst der gutgelaunte Enddreißiger hinter der Theke augenzwinkernd.

„Nun, dann nehme ich ein Beutelchen grünen Pfeffer?"

Annemie hat mit offenem Mund dem Hin und Her zwischen ihrer Freundin und dem Verkäufer am Gewürzstand zugehört. Beatrice reicht ihm einen Zehneuroschein mit den Worten: „Stimmt so. Danke für Ihre Beratung und … na ja, sagen wir mal, Ihren Charme."

Sie hakt Annemie unter und beide schlendern zum Draußencafé Jung, um sich ein Eis zu gönnen und bei dem fabelhaften Wetter dem emsigen Treiben auf dem Markt zuzuschauen. Stimmengewirr, garniert mit Einsprengseln von Hunsrücker Platt, wabert ringsum, kurzfristig übertönt vom Glockengeläut der Stephanskirche. Eine alte Frau schlurft mit ihrem Dackel an dem Tischchen vorbei, das sie ergattert haben. Unklar, wer von beiden wen an der Leine führt.

„Ich hatte keine Ahnung, worauf man bei Pfeffer alles achten muss", räumt Annemie ein.

„Das älteste und wichtigste Gewürz überhaupt", erklärt Beatrice. „Der Mumie eines ägyptischen Pharaos steckte man Pfefferkörner in die Nase, weil das Gewürz im Jenseits so unentbehrlich sei wie im Diesseits."

„Was du nicht sagst!", staunt ihre Freundin und fügt schmunzelnd hinzu: „Da muss ich mein Testament ja wohl um eine wichtige Anordnung ergänzen, oder?"

„Nur zu!", lacht Beatrice und bekennt beiläufig, am Abend Leonhard zum Pfeffersteak-Essen eingeladen zu haben.

„Aber ...", sie legt den Finger auf den Mund, „... schon gar nicht bei Gunther."

Annemie nickt und entscheidet sich nach einem Blick auf die Karte für Fruchteis-Mix, eine Wahl, der sich nicht nur Beatrice anschließt, sondern ebenso Gunther, der gerade um die Ecke biegt und spontan das Kaffeekränzchen erweitert.

Er stützt die Ellenbogen auf die Oberschenkel und bettet das Kinn auf die gefalteten Hände.

„So nachdenklich, mein Freund", meint Annemie und Gunther seufzt: „Ach ja."

„Trübsinn bei dem tollen Wetter? In unsrem Alter müssen wir jeden Sonnentag genießen, Gunther!", versucht Beatrice ihn aufzumuntern.

„Hast ja Recht", sagt er, nimmt die Ellenbogen von den Knien und kehrt die Handflächen nach oben. „Gut, dass ich euch hier treffe."

Die zwei Frauen tätscheln ihm jeweils eine Hand.

„Meine Tochter hat abgesagt. Ich hatte mich so auf sie gefreut."

Die Bedienung serviert das Eis.

„Das Gefühl kennen wir doch alle", sagt Annemie und tut erneut, was sie selten tut: Sie berührt seinen Ellenbogen.

Der Anblick ihrer künstlichen Fingernägel scheint Gunther zu rühren.

„Ich habe mir abgeschminkt, in der Hinsicht etwas zu erwarten", sagt sie achselzuckend. „Mein Sohn und seine Familie leben nun mal ihr eigenes Leben. Aber..."

Sie macht eine Pause und hebt den Eislöffel: „Erwartungen an uns, an dich und dich ..." - der Eislöffel zeigt auf Beatrice, dann auf Gunther - „... die habe ich schon."

„Und das ist gut so", bestärkt Beatrice sie und Gunther nickt.

„Was macht deine Tochter übrigens beruflich?", fragt sie ihn.

„Irgendwas in Sachen Private Equity, wenn Ihr wisst, was das ist."

„Eigentlich nicht", räumt Annemie ein.

„Ich auch nicht", gesteht Gunther, der sich wieder gefasst zu haben scheint, grinsend. Im letzten Moment gelingt es ihm, die Eiswaffel aufzufangen, die ein leichter Windstoß erfasst hat. „Wäre doch allzu schade, wenn die Spatzen sie fräßen", grummelt er. „Teuer genug, was hier angeboten wird." Seine Augen wandern vom Eisdielenpavillon Jung über die

Marktstände, um mit einem Seufzer an der Hunsrück-Bank Halt zu machen.

„Das Wesentliche kann man ohnehin nicht kaufen", bemerkt Beatrice.

Da stoppt ein Blumenverkäufer vor Gunther und sagt: „Schenken Sie Ihr Herz und eine Rose der Dame Ihres Herzens."

„Den Fehler habe ich einmal in meinem Leben gemacht, nicht noch einmal", entgegnet der abweisend.

Annemie und Beatrice wechseln Blicke. Der Blumenverkäufer dreht ungerührt ab.

Im selben Moment blinkt Gunthers Handy, er liest die SMS und sein Gesicht hellt sich auf. Er sucht die Blicke der beiden Komplizinnen, drückt den Rücken durch, macht sich groß und ... reibt sich den Nasenrücken. Dann sagt er: „Heute in einer Woche um vierzehn Uhr in Keidelheim im Atelier von Karl Kaul, dem Hauderer-Maler."

Als er die Fragezeichen in den Augen der zwei sieht, fragt er:

„Hat Leonhard Euch noch nicht eingeweiht?"

Sie schütteln den Kopf.

„Unser neuer Fall", flüstert er und versichert sich, dass niemand sonst davon etwas mitbekommt. Zufrieden fährt er sich über seine grauen Haarstoppeln. Dann wirft er einen halbverdeckten Blick auf seine Uhr.

„Du hast noch etwas vor?", bemerkt Beatrice.

„Ich will in der Buchhandlung ..." - sein Blick geht Richtung Simmerbach - „ ... nachfragen, ob eine Ströher-Monographie, die ich bestellt habe, da ist."

Bei diesen Worten blickt er geheimnisheischend drein, rückt die Hornbrille zurecht und ergänzt: „Mehr dazu morgen."

Er zieht einen Zwanziger und einen Zehner aus einem dicken Bündel Euroscheine, das von einer bronzefarbenen Klammer zusammengehalten wird, legt sie auf den Tisch, klopft darauf, steht auf und trollt sich. Die Bedienung schaut herüber und gibt sich mit einem Nicken von Beatrice zufrieden.

„Ob wir uns mit ihm wohl vor, sagen wir, dreißig Jahren zusammengetan hätten?", räsoniert sie, „langweilig wie Doseneintopf."

Annemie verdreht die Augen, sagt aber: „Immerhin, sein Stirnrunzeln steht ihm."

„Wenn man nicht zu genau hinschaut", kommentiert Beatrice lachend. „Schwierig wird es, wenn man alleine mit ihm ist. Da fällt ihm nichts Gescheites ein. Alles dreht er durch seinen Moneten-Reißwolf. Deshalb muss man sich etwas Unverfängliches aus der Nase ziehen. Im Vergleich ist Leonhard geradezu ein Unterhaltungskünstler. In dessen muntere Augen könnte ich mich verlieben. Übrigens früher schon, um ehrlich zu sein."

„Ihr kennt euch?", wundert sich Annemie.

Beatrice nickt und schaut in den blauen Himmel, der mit Wattebauschwölkchen gepunktet ist, die dem Rücken von Schafen ähneln. Am Horizont ziehen dunkle, schwergewichtige Wolken auf.

„Ach", sagt Annemie und macht eine ausweichende Handbewegung. „Der liebe Leo hört sich allzu gerne selbst reden."

Sie hebt den Blick und betrachtet die Kondensstreifen am blauen Himmel.

Beatrice bestellt zwei Cappuccini und schlägt heiteres Beruferaten vor. „Das schult unseren Ermittlerinstinkt", sagt sie, verschmitzt lächelnd. „Der Korpulente dort bei der Eierverkäuferin, der ist Baggerfahrer", vermutet sie.

„Könnte sein", pflichtet Annemie ihr bei, „braungebrannte Glatze. kräftige Arme und Pranken, Lodenhose mit bunt kariertem Baumwollhemd, redet mit Händen und Füßen."

„Und die Frau vor der Käsetheke, die sich gerade zu uns hin umdreht?", fragt Beatrice.

„Sparkassenangestellte", sagt Annemie, der Spielregel folgend, spontan.

„Mhm. Hätte ich auch geraten", stimmt ihre Freundin zu. „Anthrazitfarbiger Hosenanzug, der ihr zur zweiten Haut geworden ist, Stöckelschuhe, bunter Seidenschal, der eine gewisse Eigenständigkeit signalisiert, dezent geschminkt, energischer Blick, hochgestecktes, glattes Blondhaar."

„Gut, dass wir keine Vorurteile haben", bemerkt Beatrice mit einem schelmischen Lächeln.

# Kapitel 10

## Befragung Han Wus

„Wissen Sie, Herr Wu", sagt Kommissarin Schmidt, „mit Pfarrer Simon bin ich seit Jahren befreundet."

Der Stellvertreter sitzt den beiden Ermittlern im Versammlungsraum des Gemeindehauses gegenüber, dessen großflächige Fenster den Blick auf den Willmeroder Friedhof freigeben. Für einen Moment regt sich in Wus ausdruckslosem Gesicht eine Braue, die er reflexartig glatt streicht.

„Darum wundert es mich, dass er mir nach der Beerdigung nicht einen Hinweis gegeben hat, er müsse privat einige Tage verreisen."

Wu zuckt die Achseln.

„Kommen wir zu dem mysteriösen Leichentausch, Herr Wu", wechselt Kommissar Bachmann übergangslos das Thema. „Können Sie uns wenigstens in dieser Sache weiterhelfen?"

Wu wirft sich in Pose und sagt: „Ich bin wie Sie entsetzt über den Tod Panofskys und die makaberen Geschehnisse, die sich dann zugetragen haben müssen."

„Sie waren räumlich am nächsten an der Sache dran", stellt Schmidt nüchtern fest. „Haben Sie davon rein gar nichts mitbekommen?"

„Leider nein", antwortet er und zupft sich am Ohrläppchen. „Erst als ich am späten Nachmittag aus Oberwesel zurückkam, sah ich Sie, Frau Kommissarin, und die anderen vor dem geöffneten Grab Marlows stehen. Den Rest kennen Sie."

„Jemand muss in der Nacht zuvor das Grab geöffnet, Marlows Leichnam abtransportiert, Panofskys Leiche in den Marlow-Sarg gelegt und das Grab wieder zugeschüttet haben. All das wenige Meter vom Pfarrhaus entfernt. Tagsüber hätte die Aktion mit tödlicher Sicherheit Aufsehen erregt, oder?"

„Kaum zu glauben, dass jemand so etwas Aberwitziges veranstaltet, Herr Kommissar."

„Das mit dem Glauben mag Ihr Ding sein, Herr Wu, wir halten uns an die Fakten und die geben in der Tat Rätsel auf."

„Ich habe mehrfach versucht, Johannes Simon auf dessen Handy zu erreichen", sagt Schmidt.

Wu steht auf, geht zum Ecktisch, zieht eine Schublade heraus und entnimmt ihr Simons Handy. „Hat er liegen lassen", sagt er, ohne eine Spur des Bedauerns.

„Das heißt, auch Sie können ihn zur Zeit nicht erreichen?"

„So ist es, Frau Kommissarin."

Unvermittelt fragt Bachmann: „Sagen Sie, Herr Wu, hatten Sie in irgendeiner Weise Verbindung zu einem der beiden Toten?"

Wus Luchsaugen werden noch schmaler und seine Nasenflügel zittern leicht.

„Weder noch."

Als die beiden Ermittler das Gemeindehaus verlassen, zischt Bachmann: „Der Kerl lügt, wenn er den Mund aufmacht."

„Selbst wenn er schweigt", ergänzt Schmidt.

„Wir müssen Kontakt zu Pfarrer Simon herstellen", sagt Bachmann, auf die Fahrertür gestützt. „Die Sache mit dem vergessenen Handy stinkt doch zum Himmel."

„Zudem müssen wir der Spur, die du gelegt hast, nachgehen, Jörg. Wie bist du übrigens auf die Idee gekommen, ihn nach einer Verbindung zu dem Dieb beziehungsweise dem Totengräber zu fragen?"

„Bauchgefühl", raunt ihr Kollege.

*„Jeder Wurf ins Wasser ist ein Volltreffer. Die Zielscheibe stellt sich ein.* Arnfried Astels Aphorismus hast du verifiziert", lobt die Soko-Chefin.

„Astel sagt mir nichts, stimmt aber", sagt Bachmann und steigt in den Dienstwagen.

„Dein Wurf ins Wasser hat ihn verunsichert", bestätigt Corinna und schnallt sich an, „die Zielscheibe müssen wir finden."

# Kapitel 11

# Minago

„In meinem Postfach habe ich diesen Brief vorgefunden", sagt Leonhard und wedelt mit einem unfrankierten Umschlag, dem er ein mit Maschine verfasstes anonymes, an ihn adressiertes Schreiben entnimmt, dazu zwei Fotos, die er vor sich auf den Tisch legt. „Ihr werdet Bauklötze staunen", verspricht er, räuspert sich und beginnt vorzulesen.

*Sehr geehrter Herr Aron,*
*Ihre verdienstvolle Mitgliedschaft im* Freundeskreis Friedrich Karl Ströher *hat mich dazu bewogen, mich vertrauensvoll an Sie zu wenden, mit der Bitte, den Vorsitzenden der* Ströher-Stiftung *zu kontaktieren und ihm beiliegende Fotos zu übergeben:*
Irmenacher Bäuerinnen bei der Heuernte *und* Knabe in Blau bei Sonnenuntergang.
*Die* Stiftung Ströher, *seit 2005 besitzrechtliche Instanz, hat ihren Stiftungszweck ja klar definiert: „das Werk des Malers möglichst geschlossen der Nachwelt zu erhalten und zu sichern". In diesem Sinne dürfte es für die Stiftung eine Selbstverständlichkeit sein, die* Irmenacher Bäuerinnen *vor einer Beschädigung oder gar Zerstörung zu bewahren. Die für diesen edlen Zweck zu entrichtenden fünfzehntausend Euro fließen teilweise in die Renovierung des bis heute als verschollen geltenden Bildes* Der Knabe in Blau bei Sonnenuntergang. *Dieses herausragende Werk, seinerzeit wertgeschätzt von Künstlerkollegen*

der ‚Berliner Secession‘, werde ich sodann zu marktge-
rechtem Preis der Stiftung andienen.

PS: Vor einer Registrierung der Bäuerinnen im Art-
Loss-Register rate ich dringend ab.

Für Ihr Bemühen, Herr Aron, bedanke ich mich im
Voraus! Sie werden wieder von mir hören.


*Ein kunstsinniger Liebhaber des Ströher-Schatzes*


„Der hat weder Sinn für Kunst noch liebt er sie“, ätzt
Beatrice, „und der Schatz ist rein pekuniär gemünzt.“

„Das Wort ‚Renovierung‘ verrät ihn“, ergänzt Annemie. „Kunstwerke werden restauriert, nicht renoviert.“

Gunthers Augen verengen sich zu Schlitzen.

„Klarer Fall von Artnapping“, bringt Leonhard
einen anderen Aspekt ins Spiel und … schaut in ver-
blüffte Gesichter.

„Du meinst, klarer Fall von Erpressung, oder?“,
raunt Annemie.

„Lösegeld für ein quasi ‚entführtes‘ Ströher-Gemälde“, sagt Beatrice und meint: „Ganz schön dreist,
das Lösegeld mit Kosten für die ‚Renovierung‘ eines
verschollenen Ströher zu rechtfertigen, der, wie er
behauptet, wieder aufgetaucht sei.“

„Mit dem will der Artnapper dann richtig Kohle
machen.“

„So ist es, Annemie“, seufzt Gunther und vermutet, dass die Stiftung wohl in den sauren Apfel beißen
werde.

„Nun, ich bin gespannt, wie deren Vorsitzender
reagieren wird“, sagt Leonhard, „ich werde umgehend
das Gespräch mit ihm suchen. Vielleicht erfahre ich,
warum der Artnapper die *Irmenacher Bäuerinnen* und

nicht ein anderes der ausgestellten Gemälde gestohlen hat."

Beatrice betrachtet das Bild. „Selbst das Foto strahlt eine beeindruckende Einheit von Mensch und Natur aus, fern aller romantischen Verkitschung oder dumpfen Blut-und-Boden-Drastik."

„Wurde es deshalb entwendet?", fragt Annemie mit anerkennendem Blick.

„Wohl kaum", antwortet Beatrice, „allenfalls weil es besonders wertvoll ist, oder?"

Leonhard zuckt mit den Achseln.

„Ob die *Irmenacher Bäuerinnen* versichert sind?", fragt Gunther.

„Eher nicht", sagt Leonhard, „kleine Museen können sich die üppigen Versicherungsprämien nicht leisten."

„Und wie ist die PS-Warnung des Erpressers zu bewerten?", rätselt Annemie.

„Vermutlich ein versteckter Hinweis, man schade sich selber, wenn man den Raub publik mache."

„Du meinst, das könnte Nachahmer motivieren, Beatrice?", fragt Gunter und sie nickt.

„Wie dem auch sei, wir sollten uns zunächst mal gründlich über den Hunsrückmaler und sein Werk informieren, bevor wir Herrn Kaul in dessen Atelier aufsuchen", schlägt Annemie vor.

„Deshalb habe ich für euch schon mal im Internet recherchiert", sagt Leonhard und verteilt kopierte Materialien.

Mit leuchtenden Augen präsentiert Gunther dann zwei Bücher, die er besorgt hat.

*Klemens Kroh: Friedrich Karl Ströher – Das malerische Werk;*

*Elke Heinemann: „Wo du bleibst, da bleibe ich auch, ...“ Das Leben der Charlotte Ströher 1895-1991.*

Zur Überraschung seiner Mitstreiter hat er die Monographien mehrfach geordert. Mit den Worten: „Dann mal ran an die Hausaufgaben!“, händigt er jedem beide Bücher aus.

„Oh, Banker wird Lehrer“, ruft Annemie augenzwinkernd in Richtung Gunther, „fühlt sich gut an.“

„Aber?“

„Warten wir mal ab, was noch kommt.“

„Wer hat den Brief geschrieben?“, fragt Beatrice. „Er muss in unserem Haus gewesen sein ...“

„... oder vielleicht sogar hier wohnen?“, ergänzt Gunther. „Er scheint gut informiert zu sein, schließlich weiß er um deine Mitgliedschaft im Ströher-Freundeskreis, Leonhard.“

„Das herauszufinden ist nun wirklich keine Kunst“, entgegnet der und fährt fort: „Die entscheidende Frage ist doch die: Wie kommt der Erpresser in den Besitz sowohl des gestohlenen als auch des verschollenen Gemäldes?“

„Falls *Der Knabe in Blau bei Sonnenuntergang* überhaupt von Ströher stammt und nicht eine mehr oder weniger raffinierte Fälschung ist“, gibt Beatrice zu bedenken. „Wir sollten bei unserer Recherche im Hinterkopf haben, ob das Bild irgendwo erwähnt wird, in Briefen, einem Tagebuchhinweis, anderen persönlichen Aufzeichnungen, einer beiläufig notierten Gesprächsnotiz, vielleicht einer Person, die Ströher kannte, Verkaufslisten, Dokumenten, wo auch immer.“

„Oder ob es jemandem in seinem Dunstkreis einen Wink wert gewesen ist“, spinnt Annemie den Faden weiter. „Der Erpresser jedenfalls scheint sich sicher zu sein, es mit einem *Ströher* zu tun zu haben. Sonst würde er nicht so auf diese Trumpfkarte setzen, oder?"

# Kapitel 12

## Im Atelier des Hauderer-Malers Karl Kaul

„Mein langjähriger Kollege Karl Kaul", sagt Leonhard, „Kunsterzieher und selbst ein begnadeter Künstler im Kreis der Hauderer. Wie ich euch ja bereits dargelegt habe, wird er uns mit der Malerei Friedrich Karl Ströhers ein wenig vertraut machen." Die vier Privatfahnder verlassen gerade per pedes den Radweg an der Straßenkreuzung Richtung Keidelheim. Mit der ausgestreckten Rechten zeigt er auf das Atelier Kauls an der Straßengabelung zur Linken, wo sie Minuten später von dem freundlichen Gastgeber empfangen werden. ...

„Leonhard hat vorgeschlagen, dass ich mich an den *Irmenacher Bäuerinnen bei der Heuernte* orientiere. Zur Zeit nur als billige Reproduktion verfügbar."

Kaul verteilt Postkarten.

„Eine Schande! Dieses Juwel hätte besser geschützt werden müssen. ... Wie konnte das nur passieren?!"

„Die Frage treibt auch uns Hobby-Fahnder um, Karl", wirft Leonhard ein. „Auch deshalb sind wir hier und freuen uns auf deine Einblicke in die Kunstwelt Ströhers."

„Den Zusammenhang kann ich allenfalls erahnen", wundert sich Kaul.

„Wenn wir die Sache aufgeklärt haben – und sei versichert, wir werden sie aufklären –, dann laden wir dich zum Kaffee ein und reden darüber. Okay?"

Kaul grinst und fährt fort: „Das Original muss man aus einer gewissen Distanz betrachten. Nun, gut oder eher schlecht, wir müssen uns mit der Postkarte begnügen. … Friedrich Karl Ströher hat Personen aus seinem Umfeld abgebildet, Großmutter, Mutter und eine Schwester mit Heugabeln bei der Arbeit, die Figuren in dunklen Farben im Vordergrund unten."

Kauls Finger tippt dreimal auf die Abbildung.

„Leider ist das Werk undatiert. Jedenfalls malte er es im Frühjahr, wahrscheinlich unter freiem Himmel."

Kaul unterbricht sich, fährt sich mit der Hand über den Kinnbart und seine Augen blitzen in die Runde: „Fahren Sie nach Irmenach, möglichst bald, Sonne, Heuerntezeit. Vertiefen Sie sich in die Welt, in der Friedrich Karl Ströher die Bäuerinnen gemalt hat."

„Nicht so einfach angesichts all der Windräder und Erntemaschinen-Monster", wirft Gunther ein.

„Da ist ausblendende Phantasie gefragt, mein Lieber", kontert Beatrice. „Dann kann ich ein Gespür dafür entwickeln, warum Ströher die Frauen bei ihrer Arbeit so und nicht anders dargestellt hat, oder?"

Kaul nickt und fährt nachdenklich fort: „Der von Vorwissen unverstellte erste Blick hat durchaus seine Vorzüge." „Unverstellter Blick", entfährt es Gunther mit einem kehligen Lachen und er handelt sich einen strafenden Blick Leonhards ein.

„Impressionismustypisch die starkfarbigen, klecksartigen Pinselstriche, die mich an Berthe Morisot erinnern", doziert Kaul ungerührt.

„Ihr *Kornfeld*", stimmt Beatrice zu.

Kaul nickt und schaut überrascht, ja geradezu dankbar für diesen Einwurf.

„Die Wellenbewegungen des Grases im sanften Wind, der über die Felder der Hunsrücker Hügellandschaft geht. Sie beherrschen das Bild, obendrein der Himmel."

„Die Kopftücher der Frauen flattern im Wind", bemerkt Annemie.

„Der Maler hält den bewegten Augenblick fest, so wie er ihn wahrnimmt", kommentiert Leonhard und sucht den Blick seines früheren Kollegen, der sich offensichtlich freut, nicht monologisieren zu müssen.

„Wunderbar die atmosphärische Kraft der Farben!"

„Eine Schicht grüner Farbe kontrastiert mit zarten Blautönen des Himmels", knüpft Kaul an Beatrice' Eindruck an. „Die zur Ferne hin immer kleiner werdenden Pinselbewegungen lenken den Blick des Betrachters auf das Haus, das mosaikartig aus cremefarbenen Tupfen entsteht, beinahe pointillistisch. Geheimnisvoll lugt es hinter einer lichten Baumreihe hervor."

„Die friedfertige Stimmung eines sonnigen Frühsommertags", sagt Leonhard, „so wie heute."

„Vorsicht, Leonhard!", mahnt Kaul. „Deine Einschätzung läuft Gefahr, Ströhers Bild aus heutiger Sicht in die Nähe von Kitsch und Kommerz zu rücken."

„Eine scheinbar konfliktfreie, in ihrer Flächigkeit und Sinnlichkeit harmlos wirkende Malerei, freilich frei von idyllischen oder romantischen Beimischungen."

„Die indes viele Zeitgenossen, vor allem auf dem Hunsrück irritierte. Weil sie nicht den traditionellen Sehgewohnheiten entsprach", fügt Kaul Beatrice' Gedanken hinzu.

Er macht eine Pause, scheint etwas Neues entdeckt zu haben. Er räuspert sich, um dann zu ergänzen:

„Bildränder und Konturen sind zweitrangig. ... Eine unbestimmte Lichtquelle erzeugt farbige Reflexionen in der Landschaft. Sie deuten etwas Plastisches an, ohne eine Räumlichkeit im Gesamtbild zu betonen. Was auf der Postkarte leider kaum zu erkennen ist. Bewusst wird auf die raumbildende Wirkung der Perspektive verzichtet. Das Bild hat kein Zentrum. Es erzählt keine Geschichte, es zeigt einen Ausschnitt der Hunsrücker Hügellandschaft Irmenachs. Eine Augenblickswahrnehmung des Malers. Ob gewollt oder nicht fordert sie die Imagination des Betrachters heraus."

„Und lässt das Vertraute, das Nahe ein wenig fremd werden", meint Beatrice.

„Das Irmenacher Haus Ströhers?", platzt Annemie mit einer Frage in die nachdenkliche Stille, die sich gerade ausgebreitet hat.

„Allenfalls in der Vorstellung des Künstlers", entgegnet Kaul und fährt sich mit der Hand durch seinen schlohweißen Haarschopf. „Denn vermutlich hat er das Bild in den Nullerjahren geschaffen. Eine Notiz in seinen sporadischen Tagebuchaufzeichnungen. In den Zwanzigern, als er sein Haus gebaut hatte und mit Frau und Kind bewohnte, hätte er eher expressionistische Akzente gesetzt."

Bei diesen Worten hält Kaul den Roman *Das Feld der Ehre* von Alfred Bauer hoch, dessen Einband Ströhers Farbholzschnitt *Hans* schmückt, das einen Bauern mit Rechen in den Händen zeigt.

„Wie viele seiner bekannteren Zeitgenossen probierte sich Karl Ströher in den unterschiedlichen Stilrichtungen der heute ‚Klassische Moderne' genannten Epoche aus. Denken Sie beispielsweise an Max Slevogt, um einen weiteren Rheinland-Pfälzer zu nennen."

„Erst Im- dann Expressionismus?", fragt Beatrice.

„Nun, nicht im Sinne eines notwendigen Nacheinanders, allenfalls einer kontingenten Abfolge unterschiedlicher Seh- und folglich Malweisen, die durchaus nebeneinander existierten", erläutert Kaul. „Allerdings hat Ströher nie die Grenze zur ungegenständlichen Malerei überschritten. Er verwendet starke Farben. Deren Mischung gibt mit groben Pinselstrichen die natürliche Farbigkeit der wahrgenommenen Landschaft auch in feinen Farbnuancen wieder."

Erneut hält Kaul das Romancover hoch.

„Seine Malweise betont den Gesamteindruck, weniger das Detail. Die dramatische Seelenlandschaft expressionistischer Künstler ist nicht sein Thema. Sein Thema ist die verrichtete Tätigkeit. Deshalb zeigt er nicht den Mensch in seiner Individualität. Er zeigt ihn eingebunden in die bäuerliche Arbeit und die Landschaft, im Wechsel der Jahreszeiten. Übrigens ohne direkte sozialkritische Anklage wie etwa bei einer Käthe Kollwitz. Ströher würdigt die Arbeit des Bauern um das tägliche Brot. Nicht die Einzelschicksale stehen im Vordergrund, sondern der ewige Kreislauf von Aussaat und Ernte, in dem der einzelne Mensch aufgeht."

Nochmals zeigt Kaul auf die Postkarte.

„Dass die drei Irmenacher Bäuerinnen seine Angehörigen sind, das weiß ich nur aus seinen biografischen Notizen."

„Die glaubhaft sind?"

Kaul antwortet Gunther mit einem Nicken.

„Unterscheidet ihn das alles von seinen künstlerischen Zeitgenossen?", will Beatrice wissen.

Gunther und Annemie verdrehen die Augen.

„Gewiss. Einerseits zeigen seine Bilder nicht die bloßen Lichtphänomene des Impressionismus, in der sich die Gegenstände auflösen. Andererseits verweigert Ströher sich der totalen expressionistischen Abstraktion, der Beschränkung auf eine Komposition aus Formen und Farben. Trotz mancher Reduktion bleibt er also letztlich dem Gegenständlichen verpflichtet. Wobei die Künstler der Zeit die gleichen Themen und Motive bearbeiten, zum Beispiel das Landhaus, ein Sehnsuchtsort, oft mit blühendem Garten."

Kaul verweist auf die Postkarte. „Die epochale Wende zur modernen, urbanen Gesellschaft provozierte durchaus die Sehnsucht nach Natur und Ursprünglichkeit."

„Wie heute wieder", murmelt Annemie.

Beatrice' Blicke erkunden Kauls Atelier, das von eigenen Werken umstellt ist, und bleiben an einem Selbstporträt hängen. „Beeindruckend", sagt sie, „wirklich beeindruckend. Expressionistisch, Ihr bevorzugter Stil?"

Kaul nickt und bekennt: „Ströher habe ich sehr viel zu verdanken."

„Nicht nur, wie soll ich es sagen, kunsthandwerklich, sondern auch und vielleicht sogar vornehmlich, was seine unterschwellig doch sozialkritische Ausrichtung anbelangt, oder?"

Sie zeigt auf Kauls Gemälde *Flucht*.

Erneut quittiert Karl Kaul Beatrice' Einschätzung mit dankbarem Augenaufschlag.

Gunther kann nicht umhin, den Kunstkenner Kaul nach dem finanziellen Wert der *Irmenacher Bäuerinnen bei der Heuernte* zu fragen.

„Ich weiß es nicht, es interessiert mich auch nur am Rande", muss er sich anhören. …

„Ich hoffe, ich habe Sie …" - sein Blick sucht den der Kunstinteressierten - „… ein wenig mit meiner Begeisterung für Friedrich Karl Ströher anstecken können."

Zum Abschied drückt er jedem seiner Gäste die illustre Broschüre „Karl Kaul – Werkschau" in die Hand. …

„Der hätte doch einen Schätzpreis in den Raum stellen können!", nörgelt Gunther, als sie wieder auf dem Radweg Richtung Simmern spazieren.

„Hätte nicht in sein Atelier gepasst", wird er von Beatrice zurechtgewiesen.

Ein Pulk von Rennradlern saust heran und ruft: „Zur Seite!"

„Na ja, ist halt ein Rad- und kein Wanderweg", beschwichtigt Annemie.

„Ich werde den Stiftungsvorsitzenden nach den Preisen fragen, die mittlerweile für Ströher-Werke aufgerufen werden", sagt Leonhard, „wenn er denn mal wieder vor Ort ist."

„Könnte helfen, dem Motiv des Diebs auf die Spur zu kommen", knurrt Gunther.

„Habgier mutmaßlich", sagt Leonhard, „was nicht alles geklaut wird! Kürzlich haben Diebe aus einem südenglischen Schloss den Rosenkranz mitgehen lassen, den die schottische Königin Maria Stuart zu ihrer Hinrichtung 1587 mitgenommen hatte."

„Um dein Kurzzeitgedächtnis beneide ich dich", räumt Gunther stirnrunzelnd ein.

„Vielleicht weiß der Leiter des Hunsrück-Museums Bescheid", meint Annemie.

„Wo der Rosenkranz ist?", lacht Gunther.

„Nö, was die Bilder vom Ströher kosten."

„Wenn der Ströher heute lebte, könnte er mit seiner Porträtkunst richtig Kohle machen", sagt Gunther. „Ich hab gelesen, dass es nach Corona genug betuchte Leute gibt, die sich von einem Maler konterfeien lassen wollen."

„So, so, konterfeien", kontert Annemie, „das Wort hast du dir also gemerkt."

„Man lernt ja nie aus", sagt er aufgedreht. „Auf Basis der Blockchain-Technologie hätte er zudem einzigartige digitale Kunstwerke codieren können. Mit dieser sogenannten Kryptokunst kann man reich werden. Auf einer digitalen Auktion fiel kürzlich der virtuelle Hammer bei fast siebzig Millionen Dollar. ‚Everydays‘, hat der Künstler sein Bild genannt. Es existiert, wie gesagt, nur digital."

„Hör auf zu spinnen", fährt Beatrice ihm kopfschüttelnd in die Parade. „Mit Kunst hat das nichts, aber auch gar nichts zu tun."

„Corona hat eine Geldelite reicher und reicher gemacht", raunt Leonhard. „Etliche wissen nicht wohin mit ihrem Geld. Die pandemisch erzwungene Selbstdarstellungsaskese hat obendrein in der Tat den Turbo des Narzissmus gezündet."

„Schlaumeier."

„Aber der überzeugte Sozialist Ströher", ergänzt Leonhard, den missmutigen Einwurf Gunthers überhörend, „der hätte sich nie dazu hergegeben, selbstverliebte Wohlstandsbürger zu porträtieren oder mit digitalem Spielzeug zu verwöhnen. Der wollte dem Volk ‚reine, edle Kunst' darbieten."

„Kein Wunder, dass er oft genug am Hungertuch nagte", knurrt Gunther.

Beatrice trottet mit etwas Abstand gedankenverloren hinter ihren Mitstreitern her, das muntere Gezwitscher der Vögel aus dem flankierenden Buschwerk im Ohr. Nun erweist sich das Kunststudium, das sie als Geschenk des Übernützlichen empfunden hat, wie Odo Marquard die Beschäftigung mit den Künsten nannte, doch tatsächlich auch noch als ein wenig nützlich. Ihre Augen funkeln.

# Kapitel 13

## Fahrt nach Irmenach

Leonhard ist der Einzige des Quartetts, der noch ein Auto besitzt, einen alten BMW X 1. „Wenigstens eine Konstante in meinem Leben", pflegt er selbstironisch zu sagen. Damit ist allerdings nicht ausgemacht, wer fährt. Nun ja, Annemie scheidet aus, sie hat ihren ‚Lappen' aus dem Jahr sechsundsechzig bereits abgegeben. Beatrice kokettiert mit ihrem erst vor wenigen Jahren ausgestellten fälschungssicheren Führerschein und ihren Fahrten zur Uni nach Mainz, wo sie als Seniorin nach Aufgabe ihrer Arztpraxis Kunstgeschichte und Religionsphilosophie studiert hat. Gunther posaunt, er sei in seinem Leben bestimmt zweihundert Mal um die Welt gedüst. Umweltbewusstsein Fehlanzeige.

Leonhard ist's recht, er ist lieber Beifahrer, vor allem seit Hüftprobleme ihn plagen und die Bedienung der Kupplung ihm deshalb schwerfällt.

Vor dem Aufbruch gegen zehn Uhr waren alle vorsorglich auf der Toilette.

„Ich hab mich mal auf die Fährte des Titels *Der Knabe in Blau bei Sonnenuntergang* gemacht", verkündet Leonhard, nachdem er das Autoradio ausgeschaltet hat. „Dabei bin ich auf einige aufschlussreiche Aspekte gestoßen."

„Etwas lauter bitte", ruft Annemie, „der Fahrtwind stört."

Leonhard dreht sich etwas nach hinten zu den beiden Frauen hin, soweit es sein verspannter Rücken erlaubt.

„Also, das Filmdebüt von Friedrich Wilhelm Murnau trug den Titel *Der Knabe in Blau/der Todessmaragd.*"

„Du meinst den Murnau, der in den Roaring Twenties mit dem Vampir-Film *Nosferatu – Eine Symphonie des Grauens* berühmt wurde?", will Beatrice wissen.

„Was du nicht alles weißt!", kommt es Annemie anerkennend über die Lippen.

„Genau der", ruft Leonhard und erntet einen Rüffel Gunthers: „Wenn Ihr so laut quatscht, kann ich mich nicht aufs Fahren konzentrieren."

Bei dieser Mahnung biegt er abrupt scharf nach rechts Richtung Mosel ab, was die anderen gehörig durchschüttelt.

„Nun", fährt Leonhard ungerührt fort, „dieser Film aus dem Jahr 1919 wurde wahrscheinlich öffentlich nie vorgeführt und er gilt als verschollen. Es ist auch keine Rezension erhalten."

„Woher ist dann überhaupt etwas darüber bekannt?"

„Gute Frage, Gunther", sagt Leonhard, „die Handlung wird von Lotte Eisner in deren Monographie *Murnau* skizziert. Die steht übrigens in der Stadtbibliothek im Schloss."

Bei diesem Hinweis geht sein Blick für eine Sekunde Richtung Fahrer, dessen Nasenfügel leicht erzittern.

„Kurz gesagt, geht es um den verarmten Adligen Thomas, den Nachnamen hab ich vergessen; der schläft eines Abends in seinem Schloss vor dem Porträt eines jugendlichen Vorfahren ein. Er träumt, wie der Knabe aus dem Bild steigt und ihn zu einem Versteck führt. Als Thomas aufwacht, findet er dort tatsächlich einen verwunschenen Smaragd, der, wie von Thomas altem Diener prophezeit, Unglück heraufbeschwört. Das führt letztlich dazu, dass das Schloss niederbrennt, wobei das Bild zerstört wird."

„Jetzt geht mir ein Licht auf", ruft Beatrice von hinten. „Gestern hast du uns von dem 1931 verbrannten Bild des Caspar David Friedrich erzählt, wie hieß es noch?"

*„Hafen von Greifswald bei Sonnenuntergang"*, erinnert Leonhard.

„Der Titel des vermeintlichen Ströher-Gemäldes kann kein Zufall sein", schlussfolgert sie langsam und pointiert.

*„Knabe in Blau* und *Sonnenuntergang,* in der Tat", wundert sich Annemie.

„Dreimal Künstler namens ‚Friedrich', drei beziehungsweise vier aus der Welt geschiedene Kunstwerke", sagt Beatrice, „verbrannt oder verschollen."

„Welches Spiel spielen der oder die Erpresser?", führt Gunther den Gedanken fort.

„Du meinst, der hat den Titel zusammengeschustert und ihn Ströher untergejubelt?", fragt Annemie erstaunt.

„Möglicherweise", antwortet Leonhard.

„Dann haben wir es mit einer Person zu tun, die in Sachen Kunst doch nicht ganz unbeleckt ist", vermutet Beatrice. „Übrigens war das ländlich-bäuerliche, schicksalhafte Leben Murnaus Thema in seinen späteren Filmen, im Gegensatz zu Fritz Langs Großstadt-Sujets."

„Da sind wir", ruft Gunther und bremst vor dem gelben Ortseingangsschild ‚Irmenach' ab.

„Vielleicht finden wir hier Antworten", hofft Annemie und schlägt vor: „Lasst uns zunächst den Friedhof aufsuchen!"

„Nach dreihundert Metern links abbiegen Richtung Kleinisch", vermeldet das Navi. Am Feuerwehrhaus stellt es fest: „Sie haben Ihr Ziel erreicht. Das Ziel ist rechts."

„‚Die Liebe währet immer', sollte hier stehen", sagt sie, versonnen die karge Grabplatte Charlotte Ströhers betrachtend. „Und Blumen fehlen auch."

Dann setzen sich die nachdenklichen Vier auf eine nahestehende Friedhofsbank.

„Sie hat das Werk ihres geliebten Mannes jahrzehntelang zusammengehalten und es damit ..."

„... gleichzeitig der Öffentlichkeit vorenthalten, Annemie", sagt Gunther.

„Hegelsche Dialektik", grübelt Leonhard. „Bilder, die in den Jahren nach Ströhers allzu frühem Tod im kollektiven Kunstgedächtnis durchaus ihren Platz hatten, zum Beispiel in der Großen Berliner

Kunstausstellung von 1926, gerieten so nach und nach aus dem Blick."

„Wir müssen von Haus zu Haus gehen. Vielleicht gibt einer der Älteren einen Fingerzeig auf Spuren, die uns weiterbringen", drängt Beatrice zum Aufbruch. „Vielleicht hat jemand doch noch eine Erinnerung an einen blau gekleideten Knaben auf dem Bild ihres Dorfmalers, den sie jahrelang wenig wertgeschätzt haben."

„Einen Moment noch", sagt Annemie, erinnert an Karl Kauls Empfehlung und zückt einen Zettel, auf dem sie einige Sätze notiert hat, die Friedrich Karl Ströher 1922 an seine Verlobte Charlotte schrieb:

*Die Kirschbäume fangen an zu blühen und die Linden an der Straße vor unserem Hause fangen an grün zu werden, im Walde, der noch fast violett ist, tauchen die hellgrünen Birken auf, er kommt, so lange zurückgehalten jetzt mit Macht, oh wie ist der Wald hier im Frühling so schön, hier Flecken mit schwarzen Tannen, dort Buchen, da wieder Eichen und weiter wieder Birken und wie rein ohne Stullenpapier und überall rauschen und rieseln Bächlein. Von unserem Hause können wir über Dorf und Moseltal hinweg die ehemaligen Vulkane der Eifel sehen.*

„Jo, die Charlodde, die wa schun annasch als useääne, schun weil se kä Hunsrigga Bladd geschwäzd hod. Awa wenn Nod am Mann wa, do hod se geholeff. Als mey Doochda 'n Lungeenzündung had, do hod se raz faz geholef, war jo aach Krangeschwesda."

Die alte Frau, die Annemie im Gärtchen beim Unkrautzupfen angetroffen hat, gibt bereitwillig Auskunft, froh über die unerwartete Abwechslung.

„De Mann von däa, dene hon isch nadärlisch nid mä kenne geläad, awa dem sey Bilda vom Hunsrigg, die gefalle ma. Isch erinnere misch noch guud an die Ousstellung vun da Charlodde un erem Bub, dem Peda, hie im Doaf. Dat hod soga id Fernseh gezeyd. Awa dat muss aach schun bald fuffzisch Joar här senn, ore?"

„Ja, ja, das war 1976", wirft Annemie ein, die neben der Bäuerin auf der rückseitigen Hausbank in der Sonne sitzt. „Können Sie sich vielleicht an ein Bild mit einem blau gekleideten Knaben erinnern?"

„Kannsd Anna zu mer saan", meint die Frau und schaut ihren Gast aus großen Augen an. Dann sagt sie: „De Alois, uuse Noba, dä wo schun lang dod iss, dä had soen Bild in seyna Stub hänge. Ich mäne, dä Vada vun dem, dä hod dat vun dem Kaal, also vun dem Mann vun da Charlodde, geschenkt kried. Die sänn sesamme in die School gang."

„Aha!", kommt es Annemie überrascht über die Lippen. „Und daran erinnerst du dich genau, Anna?"

„So genau aach wiire nid, awa isch glaab, dat mey Modda uus dovun wad vaziield hod."

„Und was ist aus dem Bild geworden?"

„Dou hosd Froe", sagt Anna. „Kä Aanung. Dat Nobaschhous is vor zisch Joa abgebrannd. Dat Bild dann vielleychd aach." ...


„Hat sich unser Ausflug an diesen kunstgeschichtsträchtigen Ort also gelohnt!", frohlockt Leonhard, nachdem Annemie zu Beginn der Rückfahrt von

Annas Erinnerung an das Bild mit dem blauen Knaben berichtet hat. Andeutungsweise hat Beatrice aus den spärlichen Auskünften der Befragten herausgehört, dass durchaus noch das eine oder andere Ströher-Bild in Privatbesitz sein könnte. Der Bürgermeister, den Gunther von früher her kennt, habe ihm zugesagt, sich umzuhören. Und Leonhard fühlt sich nach dem Hinweis eines befragten uralten Bauern bemüßigt, der Geschichte des geheimnisumrankten Ströher-Hauses, das privat veräußert wurde, seine Aufmerksamkeit zu widmen.

Auf der Höhe Flugplatz Hahn meldet sich Gunthers Handy. „Halt mal das Steuer!", sagt er mit einem Seitenblick Richtung Leonhard. Der packt mit der Linken in das Lenkrad und gibt sich unbesorgt. Schließlich hat Gunther selbst auf der Autobahn die Fünfzigermarke des Tachos nicht überschritten.

„Ja bitte, Gunther Marlow am Apparat", ruft er unnötig laut. „Du Paul? ... Das ging ja schnell. ... Interessant, interessant. ... Tatsächlich? ... Und dem kann man glauben? ... Das hilft uns weiter. ... Du bleibst an der Sache dran? ... Prima. ... Danke ... Bis bald."

Er ruckelt es sich im Pilotensitz des X1 zurecht und trommelt vergnügt mit den Zeigefingern auf das Lederlenkrad, kostet seinen Informationsvorsprung aus. Ein Sattelschlepper schert hinter dem BMW aus und zieht hupend an ihm vorbei. Gunther zeigt den Mittelfinger.

„Spann uns nicht unnötig auf die Folter!", mäkelt Annemie.

„Der Irmenacher Bürgermeister. Neues vom *Knaben in Blau*", grummelt Gunther, der eine Fahrzeugschlange im Rückspiegel registriert und auf Sechzig beschleunigt. „Genaueres morgen Abend bei unserem Minago-Treff um neunzehn Uhr, dann weiß ich mehr. Jetzt fordert der Verkehr meine volle Aufmerksamkeit."

„Dann tucker nicht wie ein Opa durch die Gegend, als suchtest du unentwegt einen Parkplatz!", grantelt Beatrice.

„Beim nächsten Ausritt darfst du ans Steuer", kontert Gunther grinsend.

„Wäre schön, wenn du die Terminierung unserer Zusammenkünfte zukünftig mit uns abstimmen würdest", grummelt Leonhard.

„Nun lass ihn doch", sagt Annemie vom Rücksitz her. „Ich fühle mich sicher, wie Gunther fährt. Und seinen Irmenacher Kontakt sollten wir wertschätzen."

„Danke!", sagt Gunther und zwinkert in den Rückspiegel.

# Kapitel 14

## Der Auftrag

„Schön, dass Ihr Terminkalender ein freies Feld hatte, Herr Mertin", schlägt Leonhard Aron einen ironischen Ton an, nachdem er der Bitte, Platz zu nehmen, gefolgt ist.

„Was kann ich für Sie tun?", fragt der Vorsitzende der Ströher-Stiftung ungerührt.

„Ich denke, die Frage müsste umgekehrt lauten", sagt Leonhard.

„Wie bitte?"

„Nun, irgendjemand hat mich als Mitglied des Vereins der Freunde und Förderer des Ströher-Werks aufgefordert, Ihnen dieses Schreiben vorzulegen."

Bei diesen Worten schiebt er den Brief Mertin zu, der seinen Kneifer aufsetzt und liest. Aus großen Augen schaut er Leonhard an und lässt den Brief vor sich auf den Tisch fallen.

„Klarer Fall von Artnapping, wenn Sie mich fragen", raunt Leonhard.

Mertin überhört den Hinweis, scheint mit einem anderen Gedanken beschäftigt zu sein. „Grotesk", sagt er, „einfach grotesk. Die *Irmenacher Bäuerinnen* wurden schon einmal gestohlen. Ein authentischer Ströher-Krimi sozusagen. So jedenfalls titulierte die Hunsrück-Zeitung."

Nun ist es an Leonhard, sich zu wundern. „Ist spurlos an mir vorbeigegangen", murmelt er. „Irmenacher Bäuerinnen wecken Begehrlichkeiten."

„Vor vier Jahren wurden sie uns zusammen mit zwei anderen Ströher-Bildern von einem Mann verkauft, der, wie sich bald herausstellte, die Werke aus einer Berliner Privatwohnung entwendet hatte. Ein Akt unglaublicher Dreistigkeit, nicht wahr?"

„Oha!", entfährt es Leonhard.

„Hat uns finanziell arg gebeutelt und eine Menge Ärger eingehandelt."

„Das kann ich mir lebhaft vorstellen", sagt Leonhard. „Könnte ich Genaueres erfahren?"

„Hm. Ich habe alle Dokumente aufbewahrt, im Büro in Österreich, meiner Wahlheimat. Ich kann sie Ihnen zur Einsicht zuschicken, wenn Sie möchten."

„Das wäre sehr großzügig von Ihnen", bedankt sich Leonhard im Vorhinein. ...

„Halten Sie den Brief für glaubwürdig?", fragt Mertin mit zittriger Stimme.

„Schwer zu sagen", antwortet Leonhard und zeigt die beiden Fotos her. „Fotos kann man problemlos manipulieren. Der Absender behauptet, sowohl im Besitz des gestohlenen als auch des bislang verschollenen Gemäldes von Ströher zu sein. Wissen Sie, ob noch weitere Kunstwerke des Malers existieren?"

„Auszuschließen ist das nicht", räumt Mertin ein, „von den Berliner Bildern wussten wir bis dato auch nichts."

„Nun, wir haben auf eigene Faust ein wenig recherchiert", sagt Leonhard. „Dabei sind wir tatsächlich fündig geworden."

„Aha. Wir?"

„Nun, wir sind ein auserlesener Club Pensionäre namens Minago. Wir haben uns auf die Fahne geschrieben, Fälle zu lösen, bei denen polizeiliche Ermittlungsarbeit an Grenzen stößt.“ „Jetzt verstehe ich Ihre Anfangsbemerkung“, sagt Mertin und möchte wissen, inwiefern sie fündig geworden seien.

„Wir haben uns in Irmenach umgehört. In der Tat, es gibt Hinweise auf die Existenz eines Gemädes *Der Knabe in Blau.*“

Mertins Brauen fahren hoch, seine Stirn legt sich in Falten.

„Zumindest hat es jahrzehntelang als Geschenk des Malers die Wand einer Bauernstube geschmückt. Wir sind dabei, den weiteren Weg des Werks nachzuverfolgen.“

„Ihren Wink habe ich verstanden, Herr Aron“, grübelt Mertin, „die Polizei in der Sache einzuschalten bringt eh nichts und die Warnung des Erpressers, anders kann man ihn ja nicht nennen, muss ich ernstnehmen, nicht wahr?“

„Oder der Erpresserin“, korrigiert Leonhard.

„Könnte auch sein. Geschlechtsrollentausch als Tarnung?“

Mertin steht auf und geht mit auf dem Rücken verschränkten Armen im Ströhertrakt des Hunsrückmuseums, wo man sich getroffen hat, hin und her. Er zeigt auf die Freifläche einer Stellwand und sagt: „Hier hingen die *Irmenacher Bäuerinnen.* Die sollten bald wieder hier hängen, keine Frage. Und auch an einem *Knaben in Blau* wären wir interessiert. Aber ich muss mich bei meinen Kuratoriumsmitgliedern rückversichern, ob wir das Lösegeld zahlen. Das verstehen Sie doch?“

„Auf unsere Unterstützung können Sie setzen", erklärt Leonhard. „Ach, die eine oder andere Frage habe ich noch."

„Bitte."

„Versichert sind die Ströher-Bilder nicht, oder?"

„Wo denken Sie hin, viel zu teuer."

„Dachten wir uns", sagt Leonhard. „Welchen Marktwert haben die *Irmenacher Bäuerinnen*?"

„Unser wertvollstes Ströher-Gemälde. Um die vierzigtausend Euro. Der Schurke kennt sich aus."

„Der lebt nicht mehr, Herr Mertin."

„Wie, wie, wie das?", kommt es ihm stotternd über die Lippen. „Der Kommissar hat das dem Museumsleiter gegenüber verschwiegen", sagt er mit hochrotem Kopf. „Warum?"

„Wir sind ohnehin davon ausgegangen, dass Räuber und Erpresser unterschiedliche Personen sind", sagt Leonhard, die Frage Mertins ignorierend. „Der Räuber hatte mit Kunsthandel eher nichts am Hut, letzterer indes kennt sich vermutlich aus."

„Dennoch", wendet Mertin ein, „dürfte es nicht so leicht sein, in der Szene einen Käufer zu finden."

„Weil?"

„Der Kunsthändlerverband Deutschland mit seinen rund einhundert Mitgliedern verpflichtet die Händler zu fairem Wettbewerb, lauterem Geschäftsverhalten und nicht zuletzt zum Kulturgutschutz. Ein seriöser Händler, dem man ein dubioses Geschäft anböte, der würde die Polizei einschalten. Hehlereivorwurf will sich keiner einhandeln."

„Deshalb die Artnapping-Nummer?"

Mertin nickt.

„Wie waren die Bilder im Museum gesichert?"

„Ein ausgeklügeltes Alarmsystem. Um das außer Kraft zu setzen, braucht es technische Expertise, Ruhe und Zeit, nicht wahr."

„Was der oder die Täter nur haben konnten, wenn sie sich nach Schließung des Museums noch dort aufhielten."

„Der Meinung scheint der ermittelnde Kommissar Castor ebenfalls zu sein", rutscht es Mertin heraus. „Die Polizei schließt übrigens Helfeshelfer nicht aus, sagt unser Museumsleiter."

„‚Nicht ausschließen' hat was in dem Zusammenhang", flunkert Leonhard und provoziert ein schräges Grinsen im Gesicht Mertins.

„Keinem der Mitarbeiter im Museum ist etwas aufgefallen? Merkwürdig. Der oder die Täter sind doch nicht als körperlose Geister einfach so hereinspaziert."

„Die Fahnder knöpfen sich jede Person vor, die an dem Tag vor der Diebesnacht im Museum war. Mehr kann ich dazu nicht sagen", bedauert Mertin.

„Keine Einbruchspuren?"

„Ich weiß es nicht", gibt Mertin achselzuckend zu.

„Wäre gut, wenn Sie uns auf dem Laufenden hielten", fordert Leonhard.

„Worauf Sie sich verlassen können", verspricht Mertin und fügt hinzu: „Ich werde mich baldmöglichst bei Ihnen melden, Herr Aron. Und … besten Dank schon einmal im Namen der Ströher-Gemeinde."


Bereits am nächsten Tag bittet Mertin Minago, den Deal einzufädeln. „Ich verlasse mich auf Sie, Herr Aron!"

Die Bedenken einiger Vorstandsmitglieder, ob Leonhard beziehungsweise der Club der vier Pensionäre hinter der Aktion stecken könnte, habe er zerstreuen können. Eine Pensionärsgang als Kunsträuber- und Erpresserbande mochte sich nunmal niemand vorstellen. Man sei sich einig, eine Verhandlungslösung anstreben zu wollen. Das dafür unabdingbare Vertrauensminimum sei seitens des Erpressers der Polizei gegenüber nicht zu erwarten. Ihm, Leonhard, gegenüber brächte der Erpresser, aus welchen Gründen auch immer, ein solches Vertrauen anscheinend auf.

# Kapitel 15

## Leonhard

Die Geschichte hat Fahrt aufgenommen. Der Erpresserbrief funktioniert. Unerwartet hat sich das Motiv des Kunstraubs wiederholt, beim selben Bild, wenngleich in anderer Variante.

Die kooperative Konkurrenz unserer Seniorencrew mit der Soko „Ströher" bewirkt, dass wir nur scheibchenweise unsere Erkenntnisse preisgeben, vermutlich gilt das auch für das Team der resoluten Chefin Schmidt, eine mit allen Wassern gewaschene Fahnderin. Ein Pokerspiel. Die Artnapping-Nummer hat sie bislang anscheinend ebenso wenig auf dem Schirm wie das verschollene Ströher-Gemälde. Hoffentlich hält Bürgermeister Michel lange genug dicht. Keine Ahnung, warum er das überhaupt macht. Unseren Ermittlungen sollte es zugute kommen, dass Wu, der durchgeknallte Komplize Gunthers (?), so meine vage Vermutung, abgetaucht ist und mit seiner wahnwitzigen Aktion die Phantasie der Soko beschäftigt. …

Ich begnüge mich derzeit mit Notizen als Gedächtnisstütze und verlasse mich darauf, dass mein Gedächtnis weiterhin so gut funktioniert, dass ich Details und deren Zusammenhänge später mosaikartig zusammensetzen kann. Nicht so einfach, Fakten, Einschätzungen, Hypothesen, Vermutungen im Nachhinein auseinanderzuhalten.

Bin gespannt, wie lange Minago zusammenhält. Jeder von uns spielt ein zweites Spiel. Das ist einerseits reizvoll. Würzt unseren ansonsten banalen Alltag. Andererseits gibt es Rätsel auf, die verunsichern, ja auch belasten können. Beim Tischfußball spüre ich die latenten Spannungen zwischen uns, die wir ansonsten gut kaschieren können. In unserem Alter schleppt nunmal jeder einen Rucksack Vergangenheit mit sich herum, belastet mit Wackersteinen und Warnlampen, weshalb unterschwelliges Misstrauen, manchmal gar dem eigenen Verhalten gegenüber nicht verwundert. Nur nicht übermütig werden! Ein ,Ja, aber' ..., ist schon viel.

Der Abend bei Beatrice hat es nicht leichter gemacht. Wie sie ihr Haar zu einem Knoten zurückgebunden trug, wobei sich Strähnen um ihr Gesicht lockten! Türkisfarbene Lidschatten und schwarze Wimperntusche betonten das Blau ihrer Augen, zogen wie ein Magnet meine Blicke an, ob ich es wollte oder nicht. Dazu der betörende Duft eines feinherben Parfüms. Mein Erinnerungsfaden spulte sich zurück. Bis in das Kabuff bei Tante Lina, wo wir uns zum ersten und letzten Mal nähergekommen waren. Das Erinnern ist nunmal wie eine Katze, die sich breitmacht, wo und wie es ihr beliebt. Wie damals lag auf ihren Lippen ein leicht spöttisches Lächeln, das ich nicht recht zu deuten wusste und weiß. Mein Gefühl sagt mir, dass sie mich zu durchschauen glaubt. Doch was sieht sie da? ... Ich war grün hinter den Ohren, leider. ...

Murrs zartes schwarzbestrumpftes Pfötchen verwischt die letzten Worte, kaum dass ich sie zu Papier gebracht. „Warum, in Gottes Namen, habe ich dich

Murr getauft!" Mein Vorwurf lässt ihn kalt. Aus dem Grasgrün der Augen trifft mich sein funkelnder Blick. Doch mir ist im Moment nicht danach, ihn zu *umpfoten*. *„Kater, du bist gar nicht mehr wie sonst, du wirst mit jedem Tage träger und fauler. Ich glaube, du frissest, du schläfst zu viel"*, schleudere ich ihm entgegen und schubse ihn vom Schreibtisch, dass er *überpurzelt und, ganz erschrocken die Ohren ankneifend, die Augen zudrückend, niederduckt auf dem Fußboden.*

Ich werde der Versuchung widerstehen, die erotischen Phantasien eines Pubertierenden auszufabulieren, die Amour fou des damals Sechzehnjährigen. Ein Blick in den Spiegel genügt. Und doch erwische ich mich hie und da bei dem Wunsch, mit oder zumindest bei Beatrice zur Unbeschwertheit der Jugend zurückzufinden, die späteren Erfahrungsumzäunungen für Momente zu vergessen, mich wie weiland Kater Murr bei Miesmies zu Übereilungen hinreißen zu lassen, was ich nachher vielleicht schwer zu bereuen haben würde. ...

Beatrice' Pfeffersteak war Extraklasse. ...

Kollege Kaul hat sie beeindruckt, das ist mir nicht entgangen. Sie, die sonst immer eine hyperkritische Ader hat, hat ihm seine Oberlehrernummer durchgehen lassen. Immerhin, alles in allem hat er uns geschickt in Ströhers Welt eingeführt. Was uns bei den Ermittlungen helfen wird, keine Frage.

Was werden die Dokumente zum Berliner Kunstraub, die Mertin mir zukommen lassen will, zu erzählen haben?

Gunther traue ich, wie gesagt, nicht so recht über den Weg. Vielleicht sollte ich Annemie, die ein Auge auf ihn geworfen hat, anpieksen, dass sie ihm auf die Finger schaut. Unbefangen ist sie indes leider nicht. Warum auch immer.

Wo sind die beiden Bilder? Das ist die Gretchenfrage.

Sollte ich sie demnächst bei Hauptkommissarin Schmidt zur Sprache bringen? Dazu müsste ich sie genauer kennenlernen, ihr vertrauen können. Das intellektuelle Format hat sie allemal. Doch sie wirkt sehr verschlossen. Bei allem, was sie sagt, wenn sie mal etwas sagt, frage ich mich, was sie damit bezwecken möchte.


Ich habe diese Notizen eben noch einmal durchgelesen. Murr hat mich aus gebührender Entfernung beobachtet, Schnauze und Bart *bemilcht*, den zitternden Schwanz nach oben gestellt und die Augen gerollt, als hielte er mich für einen langweiligen, abgeschmackten, gelehrten Philister, ein Vorwurf, den ihm sein Freund, der propre Muzius, macht. Zu Recht, ist er doch ein *Katzphilister*, der *am liebsten unter dem heimischen Ofen* bleibt, denn *das freie Dach verursacht ihm Schwindel*. Ich weiß nicht, was Murr gerade im Schilde führt, um sich den Anschein eines *Katzbursch* zu geben. Er duckt sich, sprungbereit. Bei ihm weiß man nie. Vorsichtshalber verschließe ich das Tintenfass, mit dessen Inhalt ich gerade meinen Montblanc aufgefüllt habe. ...

Nun, mir ist klar geworden, dass ich ab jetzt detaillierter protokollieren sollte. Solange die Erinnerung noch frisch ist. Beim Schreiben muss ich später aufpassen, dass meine Worte ihr Ziel nicht verfehlen.

Sonst könnten Leser meines Romans zu irreführenden Schlussfolgerungen verleitet werden. Die Zielscheibe gilt es im Blick zu behalten.

Bin gespannt, ob und wie Beatrice auf die *Zielscheibe* reagieren wird.

# Kapitel 16

## Zweite Sitzung der Soko „Kunstraub Ströher"

„Dass Panofsky getötet wurde, lässt sich nicht zweifelsfrei nachweisen. Eher im Gegenteil. Er verstarb möglicherweise eines tragischen Unfalltodes", teilt die Soko-Chefin ihrem Team mit.

„Wie das, Corinna", fragt Wunderlich erstaunt.

„Nun. Doktor Giesens Diagnose wurde bestätigt. Aber die Leiche weist keine Spuren äußerer Gewaltanwendung auf. Nicht auszuschließen, dass der Totengräber auf dem glitschigen Holz vor der Grube ausgerutscht, nach vorne gekippt und mit dem Kopf auf den Sarg aufgeschlagen ist. Panofsky war nachweislich stark alkoholisiert."

„Vielleicht hat er sich mit einer Flasche Whisky am Grab die Kante gegeben und seine Arbeit immer weiter aufgeschoben. Kontrollverlust folglich nicht ausgeschlossen", sagt Castor.

„Bekommt die SMS *Sie möchten doch nicht wie Panofski enden, oder?* somit einen anderen Zungenschlag?", denkt Bachmann laut nach. „Vielleicht einen ironischen und eben keinen bedrohlichen Unterton?"

„Spekulation, Jörg", entgegnet Schmidt achselzuckend.

„Jemand muss aber den Leichentausch vorgenommen haben, also Marlows Leiche nach Simmern verfrachtet und Panofski in dessen Sarg entsorgt haben", sagt Bachmann. „Da beißt die Maus keinen Faden ab."

„Und die Grube zugeschaufelt haben", ergänzt seine Lebensgefährtin Wunderlich.

„Schon ein merkwürdiger Zufall", grübelt Schmidt. „Der Totengräber mit dem Namen einer Ikone der Kunstgeschichte landet im Sarg eines Kunsträubers." Als sie die Fragezeichen in den Augen ihrer Kollegen sieht, erläutert sie: „Erwin Panofsksy war einer der bedeutendsten Kunsthistoriker des zwanzigsten Jahrhunderts. Na ja, interessant ist auch, was Lukas recherchiert hat."

Sie übergibt an Kommissar Castor.

„Mir ist aufgefallen, dass die Video-Aufzeichnung am Oberweseler Bahnhof vierzehn Uhr dreißig anzeigt, als Pfarrer Simon in den Unterführungstunnel hinabsteigt. Han Wu ist aber erst deutlich später, als die notwendige Rückfahrzeit nach Willmerod vermuten lässt, mit Simons Auto dort wieder aufgekreuzt. Simons Nachbarin Bärbel Helmfeld gibt an, der Wagen habe sie und ihren Mann etwa um sechzehn Uhr passiert. Da seien sie zu einem Spaziergang aufgebrochen. Der Pfarrer habe neben dem Asiaten, der gefahren sei, gesessen. Johannes habe völlig apathisch nach vorne gestarrt, absolut untypisch für ihn."

„Vielleicht ist Wu am Rhein noch ein wenig spazieren gegangen", sagt Wunderlich.

„Das können wir ausschließen", erwidert Castor. „Ich habe mir von den Bingener Kollegen … „

„… Binger Kollegen", wird er von Beate unterbrochen, „analog Binger Mäuseturm."

„Also gut", räumt Lukas leicht genervt ein, „ich habe mir von den Binger Kollegen das Überwachungsvideo des dortigen Bahnhofs besorgen lassen. Und siehe da, Pfarrer Simon steuert um fünfzehn Uhr zehn mit Koffer auf sein Auto zu und steigt auf der Beifahrerseite ein."

Bachmann fährt sich mit der Rechten über die Glatze und fragt: „Irgendeine Erklärung für diesen Verschiebebahnhof?"

„Keine", antwortet Schmidt, „absolut keine. Die Sache entbehrt jeder Logik."

„Zumindest von unserem aktuellen Wissensstand aus beurteilt", relativiert Wunderlich.

„Du sagst es", sagt ihre Chefin, „deshalb machen wir beide uns jetzt sofort auf den Weg nach Willmerod. Irgendetwas stimmt da nicht. Ich habe ein verdammt ungutes Gefühl. Johannes Simon ist in der Bredouille. Das spüre ich."

# Kapitel 17

## Minago

Tags zuvor in der Seniorenresidenz.

„Nochmals zum Mitschreiben", drängt Leonhard, „was genau hat dein Irmenacher Bürgermeister verlautbart?"

Umständlich schlägt Gunther den Notizblock, den er in Händen hält, auf und bittet Leonhard, das Fenster zu kippen, damit frische Luft hereinströme: „Ist ja kaum auszuhalten", mäkelt er und öffnet den obersten Knopf seines Hemds.

„Nun mach schon!", quengelt Beatrice.

Er scheint es zu genießen, wie vor allem Annemie an seinen Lippen hängt.

„Nun", hebt er gewichtig an, „eigentlich konnte Pauls Information nur bei mir auf fruchtbaren Boden fallen."

„Wie das?", grantelt Leonhard, als Gunther erneut eine Pause macht, um in die Runde zu blicken.

„Weil, wie Ihr wisst, nur ich mal in Irmenach gewohnt habe, als Kind meine ich, und nur ich mit dem Namen Han Wu etwas anfangen kann."

„Du sprichst in Rätseln, Gunther", sagt Annemie, nun ebenfalls ungehalten.

„Dieser Mann, der bei der Beerdigung Michas auf dem Willmeroder Friedhof zu meiner Verwunderung hinter Pfarrer Simon stand, lebte etliche Jahre in Irmenach."

„Na und?"

„Nicht unwichtig, Annemie, nicht unwichtig. Der hat nämlich das Grundstück neben dem Haus der Anna, also der alten Frau, die du befragt hast, gekauft."

„Du meinst das Bauernhaus, das vor Jahren abbrannte. In dem der *Knabe in Blau* hing?"

„So ist es, Annemie. Der Wu hat das Grundstück nebst allem, was nach dem Brand noch übrig war, gekauft."

„Ich verstehe immer noch nicht, worauf du hinauswillst", mäkelt Beatrice.

„Der Paul, also der Irmenacher Bürgermeister meint, sich zu erinnern, dass einer von der Freiwilligen Feuerwehr, der damals aus dem brennenden Haus gestürmt sei, dem Wu, der den Brand beobachtet habe, das Bild und einige andere Dinge in die Hand gedrückt habe, um nochmals hineinzurennen, bevor es einstürzte. Der habe sich dann im letzten Moment in Sicherheit bringen können. Um das Bild habe sich keiner mehr gekümmert."

„Wow! Das ist nun in der Tat interessant", sagt Leonhard. „Was weiß dein Paul denn noch von diesem Wu zu berichten?"

„Jetzt wird's noch interessanter", kündigt Gunther, der sich warm geredet hat, an. „Der Wu, ein Eigenbrötler sondersgleichen, der habe der Charlotte Ströher in den achtziger Jahren, bevor die ins Altersheim kam, hin und wieder einen Besuch abgestattet. Darüber sei im Dorf getuschelt worden. Der Wu sei ein sektiererischer Prediger einer Freikirche, ein zorniger Eiferer vor dem Herrn, und man habe sich keinen Reim darauf machen können, was die Ströher mit dem zu tun haben könnte."

„So langsam wird ein Schuh daraus", grübelt Beatrice. „Dein Bruder Michael, dessen Leichnam fand man nach seiner Beerdigung vor dem Schloss … Entschuldige, dass ich das so pietätlos sage."

Gunther nickt und sagt: „Ich weiß, worauf du hinaus willst."

„Ihr meint allen Ernstes, dass dieser Wu in einer Art religiöser Verblendung zu einem derart verwerflichen Akt fähig gewesen sein könnte?"

„Wie der Paul den Mann geschildert hat, Leonhard, halte ich genau das für möglich. Der sei ‚meschugge', hat der Paul wörtlich gesagt."

„Tue öffentlich Buße für deine ruchlose Tat!", sinniert Beatrice laut.

„Deinen toten Bruder an den Ort verfrachten, wo der die *Irmenacher Bäuerinnen* geklaut hat", stammelt Annemie, „wie irre ist das denn!"

„Zunächst bleibt diese Hypothese unter uns", rät Leonhard und findet allseitige Zustimmung.

„Eine Hypothese, mehr nicht", schränkt Beatrice ein, „beweisen können wir sie nicht."

„Darum müssen wir Pfarrer Simon kontaktieren", sagt Leonhard, „Morgen um elf Uhr nach Willmerod?"

„Machen wir, wenngleich ich mir nicht vorstellen kann, dass Simon damit zu tun hat."

„Ich auch nicht", gibt Annemie Gunther Recht, „aber er wird uns etwas zu diesem merkwürdigen Herrn Wu sagen können. Hoffe ich doch."

„Seltsam, dass der Wu bei der Beerdigung war", rätselt Beatrice beim Aufstehen. „Kannte der deinen Bruder?"

„Keine Ahnung. Vielleicht von früher", knurrt Gunther und versorgt seinen Notizblock im Jackett.

„Micha hatte 'ne Menge seltsamer Gestalten um sich herum."

Leonhard schaut mit zusammengekniffenen Brauen zu Gunther hin.

# Kapitel 18

## Begegnung der Ermittler am Pfarrhaus

„Merkwürdig", grummelt die Soko-Chefin, „was machen die älteren Herrschaften vor der Tür des Pfarrhauses?"

Kommissarin Wunderlich manövriert den Dienstwagen neben einen alten schwarzen X1 mit Simmerner Kennzeichen auf den Besucherparkplatz zwischen Friedhof und Gemeinde-Pavillon. „Den Schmächtigen mit dem schütteren Haar habe ich auf der Beerdigung gesehen. Der Bruder des verstorbenen Kunsträubers Marlow", raunt Corinna Beate zu, als sie auf den Viererclub zuschreiten.

Eine attraktive Brünette in rostrotem Hosenanzug, die sich als Beatrice Winter vorstellt, sagt, dass sie Pfarrer Simon kontaktieren wollten. Anscheinend sei der aber nicht zu Hause. Jedenfalls hätten sie bereits mehrfach vergeblich geklingelt.

Die beiden Polizistinnen zeigen ihre Ausweise her und sagen, auch sie wollten den Pfarrer sprechen. Da dessen Auto, das üblicherweise im Carport neben dem Haus geparkt sei, fehle, sei er wohl zur Zeit nicht anwesend.

„Darf ich fragen, in welcher Angelegenheit Sie in Mannschaftsstärke angerückt sind?", fragt Corinna Schmidt und wendet den Blick Gunther Marlow zu.

„Möglicherweise in der gleichen, wenn nicht gar derselben Angelegenheit wie Sie", antwortet der großgewachsene Breitschultrige mit schwarzem Hut, dessen dunkle Augen im hageren Gesicht lebhaft blinzeln. „Leonhard Aron mein Name."

„Und die wäre?", fragt Wunderlich.

„Zum Beispiel der Herr Wu?", kommt es der zweiten Frau, einer zarten Endsechzigerin mit kurzen, grauen Haaren und einer Stupsnase im dezent geschminkten runden Gesicht spontan über die Lippen. „Ich heiße übrigens Annemie Weimar."

Beim Namen Wu wechseln die Kommissarinnen Blicke.

„Wissen Sie", erklärt Leonhard, „wir sind ein neugieriger Pensionärsclub. Und die Sache mit dem Museumsraub lässt uns keine Ruhe."

„Was hat das mit dem Herrn Wu zu tun?", will Wunderlich wissen.

„Nun", schaltet sich Gunther ein und schaut zu Schmidt hin, „sie waren auf der Beerdigung meines Bruders ..." - er zeigt mit dem Daumen über den Rücken hin zum Friedhof - „... und ermitteln, wer seinen Leichnam geschändet hat, oder?"

Die Polizistin ignoriert die Frage und antwortet mit einer Gegenfrage: „Ermittlungserkenntnisse?"

„Wir sollten sie austauschen", schlägt Beatrice unvermittelt vor.

„Natürlich nur, falls Sie interessiert sind", greift Leonhard den Vorschlag auf. „Wir treffen uns immer mittwochs um sechzehn Uhr im Wintergarten der Seniorenresidenz am Simmerbach, gegenüber der Hunsrückbank, also morgen Nachmittag. Fragen Sie nach Minago. Schönen Tag noch."

Mit diesen Worten rücken die sonderbaren Vier ab und rauschen mit dem X1 davon.

„Eine Seniorengang als private Fahndungskonkurrenz", sagt Beate mit einem säuerlichen Lächeln auf den Lippen. „Das hatten wir auch noch nicht."

„Die sollten wir dennoch Ernst nehmen", betont ihre Chefin. „Die könnten Info-Quellen haben, zu denen wir keinen Zugang haben. Der Bruder des Diebs, der unverblümte Hinweis auf das gestohlene Gemälde und die Erwähnung des zwielichtigen Herrn Wu. Die wissen mehr als wir, vermute ich. Ich werde sie morgen besuchen. Mal überlegen, was ich ihnen anbiete."

Da sich auch auf wiederholtes Klingeln hin niemand im Pfarrhaus rührt und die Rollläden geschlossen sind, bestellt die Soko-Chefin den Schlüsseldienst ein.

Die beiden Frauen setzen sich auf eine Ruhebank im Schatten einer mächtigen Eiche und lassen ihre Blicke über die symmetrisch geordneten Reihen der Gräber schweifen, ordentlich, sauber, gepflegt. Corinna lauscht den Vögeln und wird von einem sanften Wind gestreift. *„So kann man ihn in allen Zweigen hören"*, flüstert sie und Beate schaut sie fragend an. „Ich lese zur Zeit *Die Göttliche Komödie*", sagt Corinna. „Nachdem Dante den Läuterungsberg erklommen hat, betritt er am Eingang zum irdischen Paradies die divina foresta, den Gotteswald, und trifft Beatrice, die ihn auf den Weg zum Reich Gottes geleiten wird." Beate macht Augen, doch Corinna schweigt, mit einem feinen Lächeln auf den Lippen, die Augen zusammengekniffen gegen die Sonne. Beate steht auf und geht von Grab zu Grab. „Der älteste Grabstein trägt die Jahreszahl 1965, aktuell 181 Gräber, davon 30 Urnengräber, das älteste aus dem Jahr 1997", sagt sie, als sie auf dem

Kiesweg die Kirche umrundet hat. „Die Gräber hüten jede Menge Geheimnisse. Und das ist gut so."

„Die Kirche wurde nach Auskunft von Johannes Simon 1747 in ihrer heutigen Form fertiggstellt", informiert Corinna nüchtern. „Zig Dorfgenerationen liegen seither hier begraben", sagt Beate. „So ist das", sinniert Corinna, „ wir gehen vorüber, und was anderes kommt. Doch der Blick von hier auf Norath war immer derselbe, die gleichen Bäume, Wiesen und Felder."

Lautlos wiegt sich die Baumkrone im Wind. …

Nach einer halben Stunde trifft der Schlüsselkurier, aus Emmelshausen kommend, ein und öffnet die Eingangstür. Die Kommissarinnen durcheilen alle Zimmer. Menschenleer. Gespenstige Stille. Sie stoßen die Tür zum Keller auf, rufen laut nach Pfarrer Simon und … vernehmen ein leichtes Klopfen. Mit entsicherter Dienstwaffe klettert Schmidt nach unten, tritt gegen die Tür zu einem Raum neben der Treppe, aus der das Geräusch zu kommen scheint, und erblickt Johannes Simon, geknebelt und gefesselt auf einem Stuhl sitzend. Mit verschnürten Füßen stapft er auf den Holzboden. Corinna befreit ihn und hilft dem entkräfteten Mann auf die Beine.

„Wo ist der Teufelskerl", bricht es aus ihm heraus. „Nicht mehr im Pfarrhaus", sagt sie. …

„Was ist passiert, Johannes?"

Nachdem er hektisch eine Flasche Wasser geleert hat, sinkt er erschöpft in seinen Sessel im Wohnzimmer, zerzauste Haare über eingefallenen Wangen.

„Han Wu hat mich erpresst."

„Er hat dich zu dem Bahnhof-Hopping genötigt?", fragt Corinna.

„Ich musste mitspielen, sonst hätte er unsere Kirche in Brand gesetzt oder in die Luft gesprengt. Er habe eine Bombe im Kirchenschiff angebracht. Die könne er jederzeit zünden. Die Kirche, die vor bald dreihundert Jahren auf den Trümmern der abgefackelten Vorgängerkirche errichtet wurde. Unerträglich der Gedanke!", seufzt er und greift mit zittrigen Händen erneut zum Wasser.

Die Ermittlerinnen schweigen, lassen Simon Zeit, zur Ruhe zu kommen, sich zu sammeln, um dann weiterzuerzählen.

„Zurück aus Bingen, hat er mich gefesselt, geknebelt und in den Keller gesperrt. Ich darf gar nicht daran denken, was geschehen wäre, wenn Ihr nicht ...“

Er vergräbt den Kopf in den Händen, fährt sich dann mit allen Fingern übers Gesicht und schaut hoch.

„Hast du irgendetwas in der Nacht mitbekommen?", fragt Corinna vorsichtig nach.

„Irgendwann ist er mit dem Auto weggefahren. Nach einer Stunde, vielleicht auch mehr fuhr das Auto wieder in den Carport. Jedenfalls kam er dann herunter und hat mich genötigt, mit ihm eine Flasche Rotwein zu trinken, dazu zwei Scheiben Brot. Er werde später die Polizei informieren, Die würden mich aus meiner zugegebenermaßen brenzligen Situation befreien. Das Auto stünde dann in der Tiefgarage des Koblenzer Hauptbahnhofs. Er habe keine andere Wahl. Ich möge ihm verzeihen. Mit vernebeltem Kopf muss ich eingeschlafen sein.“

„Welchen Eindruck hat er bei diesem makabren nächtlichen Gelage auf dich gemacht, Johannes?"

„Ein irrer Zug um seine Augen. Der ist besessen von einer fixen Idee. Ich weiß nicht, welcher. Nicht einen Hinweis hat er fallen lassen." …

Die Frauen verabschieden sich von Pfarrer Simon. Vor der Haustür, neben dem Carport, stehen Abfalltonnen. Einem spontanen Impuls folgend, hebt Wunderlich den Deckel von der Restmülltonne und staunt nicht schlecht. „Sieh an!", ruft sie, greift hinein und hält der Chefin eine spielzeugartige Drohne entgegen. Corinna pfeift durch die Zähne und versorgt das Gerät in einer Plastikhülle.

Beate steuert den Dienstwagen aus dem Dorf hinaus Richtung Simmern. Corinna bittet die Koblenzer Kollegen telefonisch um Amtshilfe. Han Wu lässt sie zur Fahndung ausschreiben.

„Unser idealistischer Pfarrer das Opfer eines fanatisierten evangelikalen Sektierers, oder?"

Corinna nickt und sagt: „Sehe ich auch so, Beate. Vermutlich hat dieser durchgeknallte Han Wu des Nachts die Leiche Mischa Marlows vor dem Simmerner Schloss deponiert. Warum auch immer. Vielleicht wissen die rüstigen Rentner mehr."

„Kopf der Gruppe ist wohl Leonhard Aron", mutmaßt Beate. „Der hat die Lockerheit eines Mannes, der in seinem Berufsleben Erfolg hatte."

„Er ist die intellektuelle Speerspitze der Vier, an seiner Seite Beatrice. Die Frau hat was", sagt Corinna.

„War bestimmt eine Schönheit, der die Männer zu Füße lagen."

„Attraktiv ist sie heute noch", sagt Schmidt. „Könnte mir vorstellen, dass die als Leitende Angestellte etwa in einem Möbelhaus tätig war oder als Unternehmerin einer Modekette oder etwas in der Art. Die Frau ist willensstark, zupackend und strahlt Energie und Lebensfreude aus."

„Was der schüchternen Lehrerin Weimar abgeht. Die passt eher zu dem blassen Sparkassenangestellten Marlow", setzt Beate das heitere Beruferaten fort. „Leonhard könnte Uni-Prof gewesen sein, kunstsinnig, gebildet ..."

„Themawechsel", fordert Corinna abrupt, als Melissa den Eingang einer SMS meldet. „Simons rostroter Kastenwagen wurde im Parkhaus am Koblenzer Bahnhof sichergestellt."

Kurz vor Simmern beenden auch die Minago-Teilnehmer ihren Rückblick auf die konkurrierende Ermittlercrew. Man ist sich einig, in Hauptkommissarin Corinna Schmidt eine taffe Soko-Chefin kennengelernt zu haben, die Fall und Team im Griff habe.

„Nur ihre traurigen Augen trüben diesen Eindruck etwas", wendet Beatrice ein.

„Sie wird morgen Nachmittag zu uns stoßen, da bin ich mir sicher", prophezeit Leonhard.

# Kapitel 19

## Zusammenarbeit mit Minago?

Wie sich zeigt, hat Leonhard Soko-Chefin Corinna Schmidt richtig eingeschätzt. Die Hauptkommissarin, dichtes, schwarzes Haar, sportlich in Lederjacke über einem Jeansoverall unterwegs, wird bereits erwartet. Am gedeckten Tisch, wo Leonhard am Kopfende thront, ist der Platz zwischen ihm und Beatrice für sie, den Gast, reserviert. Aha, psychologisch ausbaldowerte Sitzordnung, geht es ihr durch den Kopf.

„Nehmen Sie doch Platz, Frau Hauptkommissarin", fordert Beatrice' freundlich-warme Stimme sie auf und Leonhard erhebt sich, um ihr den Stuhl zurechtzurücken. Gunther fragt: „Kaffee oder Tee?", um ihrem Wunsch gemäß Tee einzugießen. Annemie sagt strahlend: „Selbstgebacken, mit frischen Erdbeeren vom Wochenmarkt", und schaufelt ihr ein Kuchenstück auf den Teller. „Dann guten Appetit", wünscht Beatrice.

„Wissen Sie, Frau Schmidt, der Kuchen vom Bäcker Jung, der ist zu süß", sagt Annemie, nachdem Corinna ihr Stück gegessen hat. „Noch ein Stück?"

„Vielleicht später, sehr lecker", lobt Corinna. „Ich muss mich entschuldigen", fügt sie bedauernd hinzu, „ich habe meine Kinderstube vergessen, wenigstens ein Blumensträußchen."

„Mit dem Vergessen haben sie es bei uns leicht", meint Beatrice schmunzelnd, „das passiert jedem von uns tagtäglich."

„Eines der wenigen Privilegien beim Älterwerden", knurrt Gunther.

Corinna überhört die ironische Anspielung und räuspert sich, als sie die aufmerksamen, erwartungsvollen Blicke der Gastgeber registriert.

„Nun", sagt sie, „die Überwachungskamera des Vermessungsamts gegenüber dem Simmerner Schloss zeigt, wie ein Mann mit Kapuze, dessen Gesicht leider nicht erkennbar ist, eine Leiter an der Museumswand aufrichtet. Michael Marlow ..." - die Kommissarin schaut über den Tisch zu dessen Bruder Gunther hin - „... klettert mit einem Rucksack aus dem Fenster des zweiten Stocks und die Leiter hinab. Ihr Bruder, der Dieb, kein Zweifel. Rotgelocktes Langhaar ..."

Bei diesem Hinweis schaut sie Gunther an, mit einem Blick, der ihrem Erstaunen Ausdruck verleiht, es tatsächlich mit einem Marlow zu tun zu haben.

„Kein Wunder, dass wir ihm zeitnah auf die Schliche gekommen sind."

„Bedauerlich, aber keine umwerfende Neuigkeit", retourniert Gunther.

„Dass wir seiner recht bald habhaft werden konnten?"

„Dass er bei der Aktion gestorben ist", begehrt er auf und streicht sich durchs schüttere Haar.

Corinna räuspert sich und hakt nach: „Irgendeine Idee, wer der Helfer mit der Leiter gewesen sein könnte?"

Sie verschweigt ihr Wissen und fixiert Gunther, der mit den Achseln zuckt und ansonsten keine Reaktion zeigt.

„Nach dem Tod Ihres Bruders fragen wir uns natürlich: Wo ist das gestohlene Bild abgeblieben, ein solches fehlt nämlich seit der fraglichen Nacht", sagt Schmidt und schaut in die Runde.

„Sie meinen die *Irmenacher Bäuerinnen bei der Heuernte*", sagt Annemie. „Noch ein Stück?"

Als ihr Gast zögert, beruhigt sie: „In Sachen Figur brauchen Sie sich doch keine Sorgen machen."

„Na denn, gerne."

Mit stolzgeschwellter Brust lädt Annemie ein zweites Stück auf Corinnas Teller ab.

„Und Sie glauben, wir könnten Ihnen da weiterhelfen", bemerkt Gunther.

„Immerhin wissen Sie Bescheid, um welchen Maler es geht und um welches seiner Gemälde", entgegnet die Kommissarin.

„Wir haben uns schlau gemacht und wollen wie Sie die *Bäuerinnen* wieder an ihrem angestammten Museumsplatz hängen sehen", erklärt Leonhard grinsend.

„Was haben Sie mir zu bieten?", fragt Schmidt. „Damit will ich um Gottes willen nicht Ihren leckeren Kuchen abwerten", schiebt sie entschuldigend in Richtung Annemie Weimar nach.

„Han Wu lebte etliche Jahre in Ströhers Geburtsort Irmenach, Frau Kommissarin", hebt Leonhard an. „Wir haben uns umgehört. Ein sektiererischer, freikirchlicher Eiferer, der dort Anfang der Achtziger auf einem durch ein Feuer bis zum Keller niedergebrannten Gebäude ein Holzhaus errichtete, das er vor Kurzem verkauft hat. Er hatte, wie man uns glaubwürdig versicherte, gelegentlich Kontakt mit Charlotte Ströher, der Witwe des Malers. Pfarrer Simon hat er vermutlich auf einer Predigerfortbildung der evangelischen Kirche kennengelernt."

Ermittlerin Schmidt, die aufmerksam zugehört hat, legt das Kuchengäbelchen zur Seite, fixiert Leonhard und fragt: „Mit diesen Informationen wollen Sie mir etwas Bestimmtes sagen, Herr Aron, oder?"

Leonhard setzt ein verschmitztes Lächeln auf und antwortet: „Sie sind die Berufsfahnderin. Hypothesenbildung ist Ihre Sache."

„Dass mein Bruder Michael mit Wu Kontakt hatte", schaltet sich Gunther ein, „ist nicht auszuschließen. Wir stammen ursprünglich aus Irmenach."

Die Brauen der Ermittlungsleiterin schießen hoch, legen ihre Stirn in Falten. Sie entschließt sich, eine weitere Information preiszugeben: „Wir haben Herrn Wu zur Fahndung ausgeschrieben."

Wie das?, fragen vier Augenpaare gleichzeitig.

„Er hat Pfarrer Simon als Geisel mißbraucht."

Schmidt berichtet über die Ereignisse nach der Abfahrt der Senioren.

„Irgendwie erinnern Sie mich an *Die Chefin*", meldet sich Beatrice, die lange geschwiegen hat, zu Wort. „Von Ihrer Art her, nicht äußerlich. Ich meine die Ermittlerin im Freitagabendkrimi."

„Ich nehm das mal als Kompliment", sagt Corinna schmunzelnd. „Auch ich schaue hin und wieder den einen oder anderen deutschen Krimi. Allerdings knacke ich andere Nüsse."

„Deshalb sollten wir im Gespräch bleiben", schlägt Leonhard vor. Derweil entkorkt Gunther eine Rotweinflasche.

„Da muss ich passen", wehrt die Soko-Chefin lachend ab, „ich bin im Dienst."

Mit diesen Worten verabschiedet sie sich.

„Du hast die Katze nicht aus dem Sack lassen wollen", stellt Beatrice, an Leonhard gewendet, fest.

„So ist es, meine Liebe ..."

„So weit sind wir noch nicht, Leonhard", wird er unterbrochen.

„Entschuldige meinen Vorgriff", sagt er augenzwinkernd, „wir haben eine Hypothese, aber keine Fakten, was den Wu betrifft."

„Allerdings wird diese Hypothese durch die Ereignisse nach unserer Abfahrt in Willmerod erhärtet, von denen Schmidt berichtet hat", wendet Beatrice ein.

„Stimmt. Dennoch sollten wir uns weiterhin bedeckt halten. Der *Knabe in Blau* unterliegt nach Absprache mit Mertin fürs Erste der Schweigepflicht."

Beatrice' feingliedrige Rechte wischt Kuchenkrümel vom Tisch in die Linke, um sie auf dem Teller abzuladen. Mit einem schelmischen Lächeln fragt sie: „Wie gehen wir weiter vor?"

„Ich denke, unser Erpresser, Singular oder Plural ..."

„Oder unsere Erpresserin ...", wirft Annemie ein.

„... wird sich, wie angekündigt, zeitnah bei mir melden", sagt Leonhard. „Dann werde ich ihm, ihr oder ihnen mitteilen, dass die Stiftung Ströher an einer diskreten Verhandlungslösung interessiert ist."

„Wie könnte die Übergabe der geforderten Summe denn vonstatten gehen?", will Gunther wissen. „Bar oder vielleicht Bitcoins?"

„Keine Ahnung, ich hab da keine einschlägige Erfahrung", raunt Leonhard. „Der Erpresser, ich leg mich mal auf diese Formulierung fest, der wird sichergehen wollen, dabei nicht in eine Falle zu tappen. Der ist nicht auf den Kopf gefallen."

Gunther nickt zustimmend.

„Ich frage mich die ganze Zeit, wie er an das Raubgemälde gekommen ist und wo er es aufbewahren könnte", rätselt Beatrice. „Den Verdacht, den du der Kommissarin gegenüber geäußert hast, Gunther, der liegt doch auf der Hand, oder? Ich meine den Verdacht eines Kontakts mit deinem Bruder."

Mit einem erneuten Nicken unterstreicht er die Vermutung.

„Eine Idee, wer außer Wu in Frage kommen könnte?"

Gunther zuckt die Achseln.

„Sollte Wu, der ja zur Fahndung ausgeschrieben ist, gefasst werden", sagt Leonhard, „dann bin ich gespannt, ob sich der Erpresser noch meldet."

„Wenn nicht, dürfte die Sache klar sein", schlussfolgert Annemie messerscharf.

# Kapitel 20

## Leonhard

Wir waren alle sehr aufgeräumt, verständlicherweise. Wir sind jetzt eine eingeschworene Gruppe. Das dürfte der Polizistin klargeworden sein. Gemeinsam eines Zieles wegen ein Geheimnis bewahren wollen, das verbindet. 'In Mannschaftsstärke angerückt', wie wahr! Möchte zu gerne wissen, wie sie uns als Gruppe und jeden einzelnen von uns einschätzt. Alterseitelkeit? Mag sein.

Mir war jedenfalls sonnenklar, dass Chefermittlerin Schmidt unserer Einladung folgen würde. Und sie hat tatsächlich selbst die Gretchenfrage gestellt. Da werde ich nachfassen müssen. Die Sitzordnung, eingeklemmt zwischen mir und Beatrice, hat sie registriert. Alles andere hätte mich auch gewundert. Die Frau versteht ihr Geschäft. Und heißt auch noch Corinna, der Name der Tochter von Professor Schmidt in meinem Lieblingsroman Fontanes. Ich werde die Kommissarin en passant mal darauf ansprechen. Ich stelle mir gerade die Professorentochter in brauner Raulederjacke, dunkelblauem Jeansoverall und Lederstiefeletten vor. So würde ich sie ausstaffieren bei einer Neuverfilmung der *Jenny Treibel*. Deren Handlung, fällt mit gerade ein, übrigens in Berlin spielt, in einer Zeit, kurz bevor Karl Ströher dort auftauchte! ...

Ein Gedanke will mir nicht aus dem Kopf gehen. Wu habe als Augenzeuge des Hausbrands zufällig den *Knaben in Blau* in die Hand bekommen, heißt es. Mag ja sein. Wie ist Wu nach Irmenach gekommen? War er zufällig zugegen, als es brannte? Hat er vielleicht den Brand gelegt? Um schneller an das Grundstück zu kommen? Nach alldem, was Schmidt berichtet hat, ist ihm das zuzutrauen. Was ließ Wu den Kontakt zu der Greisin Charlotte Ströher suchen? Warum scheint Gunther der Gedanke, dass sein Bruder Michael Kontakt zu Wu hatte, nicht im geringsten zu stören? Im Gegenteil. Hat vielleicht Gunther selbst den Kontakt zu Wu gesucht? Wenn ja, was folgte daraus? Mein Misstrauen Gunther gegenüber ist nicht geringer geworden, ganz im Gegenteil. Unter Hinweis auf den Geburtsort der Marlows bringt er beim Gespräch mit der Kommissarin selbst diese delikate Bekanntschaft ins Spiel. Was beabsichtigt er damit? Biedermann und die Brandstifter? Auch Schmidt zeigte sich in dem Moment irritiert. Wenn ich es recht erinnere, hat sie just in dem Zusammenhang preisgegeben, dass die Polizei nach Wu fahnde.

Beatrice' Gedankensprung auf *Die Chefin*, die wir als Minago-Team freitagabends gemeinsam gucken, hat Schmidt geschmeichelt. Jedenfalls habe ich das so wahrgenommen. Muss mit Beatrice mal darüber reden. Mit ihrem Hinweis auf die Nüsse hat die Chefin eine Brücke zu uns geschlagen, die ich bereitwillig betreten habe. Eigenlob stinkt, ich weiß.

Noch eins, fällt mir soeben ein. Warum hat gerade Gunther sich intensiv nach den Modalitäten der Geldübergabe bei Umsetzung des Erpresserplans erkundigt?

Beatrice hat die wichtigen Fragen gestellt: Wie ist der Erpresser, und für mich ist klar, dass es um einen einzelnen männlichen Täter geht, wie ist der Erpresser an das Raubgemälde, die erneut gestohlenenen *Irmenacher Bäuerinnen*, gekommen und wo bewahrt er es auf? Wo bewahrt er sie auf, muss es heißen, denn offensichtlich ist er zudem im Besitz des *Knaben in Blau*. Auch in dem Zusammenhang hat Gunther Beatrice' Vermutung eines Kontakts zwischen Bruder Michael und Wu bekräftigt.

Annemies Meinung, dass, sollte Wu gefasst werden, und dann eine Reaktion des Erpressers ausbleiben, alles auf Wu als Erpresser hindeute, halte ich nach gründlicher Überlegung für falsch. Wu traue ich zwar einiges zu, aber die Erpresser-Rolle passt in keiner Weise zu ihm. Unsere Hypothese seines Racheakts in Sachen Ströher steht dem notabene völlig entgegen. Das Motiv des Erpressers ist das seit jeher banalste, primitivste, Habgier und sonst nichts. ...

Ferner werde ich meinen Mitstreitern eine neue Sportart als Ergänzung zum Tischfußball vorschlagen: Darts. In die Zwölf klebe ich die Miniaturkopie der *Irmenacher Bäuerinnen*. Sekundärmotivation sozusagen.

# Kapitel 21

## Dritte Sitzung der Soko „Kunstraub Ströher"

Die Chefin hat ihr Team im Besprechungsraum der Polizeiinspektion Simmern um sich versammelt. Beate fasst den Stand der Dinge um den flüchtigen Han Wu zusammen. „Der hat sich nach seinen irrwitzigen Aktionen aus dem Staub gemacht. Tatsächlich hat er, anonym natürlich, spätnachmittags einen Notruf in Sachen Pfarrer Simon abgesetzt."

Anschließend berichtet Corinna Schmidt von dem Minago-Kaffeekränzchen und schließt mit den Worten: „Die haben mir irgendetwas verheimlicht. ,Gefühle sind in Räume gegossene Atmosphäre', hat ein kluger Kopf mal gesagt. Und ich habe gespürt, dass die Vier ein Geheimnis unter Verschluss halten, das die ganze Zeit im Wintergarten im Raum stand."

„Kannst du es vielleicht an irgendeinem Punkt festmachen?", fragt Lukas.

Corinna steht auf und tigert hin und her, den Kopf auf abgewinkelter Hand gestützt. „Es könnte mit dem Ströher-Geburtsort Irmenach zu tun haben", rätselt sie. „Die Senioren haben sich dort umgehört. Vielleicht sollten wir das auch tun."

„Wenn es dir Recht ist, nehmen Jörg und ich das morgen in Angriff", schlägt Beate vor und Corinna nickt.

Jörg, der bisher geschwiegen und nachgedacht hat, kommt mit einer, wie er zugibt, gewagten Hypothese um die Ecke. „Dieser Wu könnte sich als Rächer der Ströhers verstehen und, einer Wahnvorstellung folgend, die Leiche Michael Marlows vors Schloss gekarrt haben, an den Ort seiner Untat, eine öffentlichkeitswirksame Schmäh."

„Etwas in der Art ging mir auch durch den Kopf", sagt Schmidt. „Ich habe den Senioren übrigens verschwiegen, dass der Totengräber Panofsky höchstwahrscheinlich durch einen Unfall ums Leben gekommen ist."

„Unentschieden", kommentiert Lukas.

Die Kollegen grinsen, auch seine Chefin.

„Ach, noch etwas". sagt Beate, „die Drohne in der Restmülltonne."

„Gut dass du daran erinnerst", sagt Corinna. „es ist davon auszugehen, dass Wu uns während der Beerdigung, bevor er dann selbst auftauchte, mit dem Ding beobachtete und die Droh-SMS an dich, Jörg, und mich abgesetzt hat. Mit welcher Absicht?"

„Man könnte auch fragen: In wessen Auftrag?" fragt Jörg.

„Mhm. Darüber muss ich nachdenken. … Übrigens hat Cornelius Mertin, der Vorsitzende der Ströher-Stiftung, eine Nachricht hinterlassen. Er sei wieder aus dem Urlaub zurück. Ich habe morgen einen Termin bei ihm."

„Der wird das gestohlene Gemälde unter allen Umständen zurückhaben wollen", mutmaßt Lukas. „Wo ist es nach dem Tod Marlows verdammt nochmal abgeblieben? Es hat sich doch nicht in Luft aufgelöst! Irgendwo muss es eine Spur geben."

„Wo hat der Michael Marlow überhaupt gewohnt? Mit wem hat er Kontakt gehabt? Was wissen wir sonst über ihn?", fragt Corinna in die Runde. „Ich muss seinem Bruder Gunther auf den Zahn fühlen, und zwar hier in unserem Verhörraum. Hört euch auch in Irmenach nach ihm um, Beate."

# Kapitel 22

## Polizei-Recherche in Irmenach

„Unsere Chefin spiegelt sich in Beatrice, der adretten Seniorin von Minago meine ich", sagt Beate.

Ihr Partner Bachmann, der den Dienstwagen unter einem Passagierjet im Anflug zum Flughafen Hahn Richtung Irmenach chauffiert, blickt aus den Augenwinkeln zu ihr hin und fragt: „Echt jetzt?"

„Als wir auf 'ner Bank des Willmeroder Friedhofs auf den Schlüsseldienst warteten, erzählte sie mir von ihrer aktuellen Lektüre, Dantes *Göttliche Komödie.*" „Sagt mir nichts", sagt Jörg.

„Mir auch nicht, aber ich hab mir das Buch schon bestellt. Der mittelalterliche Autor, dessen siebenhunderfünfzigster Geburtstag sich jährt, lässt seinen Ich-Erzähler zunächst in die Hölle hinabsteigen, dann gehts durchs Fegefeuer, um schließlich im Paradies zu landen. Dort trifft er auf Beatrice, in die er unsterblich verliebt gewesen ist und derentwegen er die Jenseitsreise auf sich genommen hat. Die Angebetete wird ihn durch den Garten Eden führen."

„Lässt mich an Science-Fiction denken, outer-, inner-, cyberspace", meint Jörg.

„Na ja. Corinna hat den Namen Beatrice, wie soll ich es sagen, sie hat ihn emotional aufgeladen ausgesprochen und sich dann aufs Schweigen verlegt."

„Corinna fehlt schlicht und ergreifend Johannes Hallers intellektuelle Bestäubung", sagt Bachmann, während er einen Rentner mit Hut in einem klapprigen Opel überholt.

„Also bitte, Jörg!"

„Ich habe Bestäubung gesagt, nicht Betäubung oder welches Wort dir gerade durch den Kopf geschossen ist", sagt er lachend. „Wetten, dass Corinna in dieser Beatrice einen Ersatz sucht?"

„Könnte sein, vor allem seit sich die Geschichte mit Emilie erledigt hat."

„Aha?"

Beate beißt sich auf die Lippe und raunt: „Vergiss es! Frauensache."

Bis zur Abbiegung Richtung Traben-Trarbach schweigen sie. Dann sagt Beate: „Ich konsultiere den Bürgermeister, derweil kannst du deinen Charme bei den Irmenacher Bäuerinnen spielen lassen. Okay?"

Jörg nickt und sagt: „Friedhof und Ströher-Haus zum Abschluss."

„Eines der wertvollsten Gemälde Ihres Dorfmalers wurde gestohlen, Herr Michel."

„Mit dem ‚Dorfmaler' liegen Sie falsch, Frau Kommissarin."

„Inwiefern?"

„Einerseits hat es ein halbes Jahrhundert nach seinem Tod gedauert, bis der Ströher Karl in Irmenach Anerkennung gefunden hat. Andererseits strahlt sein Ruf seither weit über unser Dorf hinaus."

„Wieder was gelernt", räumt Wunderlich schmunzelnd ein und wundert sich über die Diktion des Bürgermeisters. „Nun, dass der Diebstahl auf die Kappe eines früheren Mitbürgers geht, dürfte sich bis zu

Ihnen herumgesprochen haben. Der Hunsrück ist nun einmal ein großes Dorf."

„Und im Dorf wird getrascht, unterstellen Sie."

„Liege ich damit auch falsch?"

„Nochmals einerseits, andererseits."

„Nun denn, kommen wir zum Punkt, Herr Michel."

„Zum Michael Marlow, meinen Sie."

‚Na also', denkt sich Beate und nickt.

„Der war schon immer ein Windhund. Schon als Bub. Wir sind zusammen in die Grundschule gegangen, bei dem Peter Ströher übrigens, dem Sohn von dem Karl. Der Kerl, also der Micha war kein Dummer, aber er hatte nur Flausen im Kopf. Anders als sein zielstrebiger, wenngleich langweiliger Bruder Gunther. Dass der Micha aber ausgerechnet ein Bild von dem Ströher Karl klaut, das schlägt dem Fass den Boden aus."

„Wann haben Sie ihn denn zum letzten Mal getroffen, Herr Michel?"

„Hm ..., das muss schon Jahre her sein. Nach dem Wegzug der Familie hat er die Irmenacher gemieden, aber nicht Irmenach."

„Heißt?"

„Man will ihn hin und wieder gesehen haben, auf dem Friedhof, den Wiesen und Feldern und in der Nähe des alten Ströher-Hauses am Waldrand. Keine Ahnung, was er da getrieben hat. Vermutlich war kein Irmenacher auf seiner Beerdigung, oder?"

Beate zuckt die Achseln.

„Der Gunther ist öfter mal im Ort, alte Anhänglichkeit. Man trifft sich in der Dorfkneipe oder unter der Linde. Erst vorgestern hat er mich übrigens in derselben Angelegenheit wie Sie aufgesucht."

Beate hebt die Brauen, schweigt aber. Paul Michel ebenfalls. Sie räuspert sich und fragt unvermittelt nach Han Wu, was den Bürgermeister nicht zu überraschen scheint.

„Gut, dass der Bursche sein Haus verkauft und die Platte geputzt hat!", wettert er. „Ein aufbrausender Wichtigtuer, zudem ein, wie man heute sagt, Hassprediger, allerdings von der evangelikalen Sorte. Doktrinär bis auf die Knochen. Kein Mensch hat verstanden, dass die Charlotte Ströher den gelegentlich zum Kaffee eingeladen hat – oder er sich. Ich meine damals, als er sich in den Achtzigern hier niedergelassen hat, warum auch immer."

„Hatte der ansonsten überhaupt keine Kontakte im Dorf?", wundert sich die Kommissarin.

Michel kratzt sich am Hinterkopf und sagt: „Nicht dass ich wüsste. ... Der Gunther Marlow hat ihn vor vier, fünf Wochen mal aufgesucht. Wenn ich mich recht erinnere, ging es um den Verkauf des Hauses, den der Gunther mit Hilfe seiner früheren beruflichen Kontakte eingefädelt hat."

Nur mit Mühe gelingt es der Kommissarin, ihre Überraschung zu verbergen.

„Wissen Sie, wohin es den Herrn Wu verschlagen hat?"

„Keine Ahnung. So redselig der in religiösen Dingen war, so verschlossen in privaten."

„Haben Sie ansonsten noch irgendwelche Hinweise, die uns helfen könnten?", fragt Wunderlich und reicht dem Bürgermeister ihre Visitenkarte.

Michel schüttelt den Kopf und der Hauch eines Grinsens huscht über sein zerfurchtes Gesicht. Jedenfalls meint Beate diese Reaktion wahrzunehmen.

„Dann wünsche ich Ihnen viel Erfolg bei der Wiederbeschaffung unserer *Bäuerinnen*", sagt er. „Sollte mir etwas in der Sache zu Ohren kommen, melde ich mich bei Ihnen."

Bei diesen Worten wedelt er zum Abschied mit der Visitenkarte.

Kaum ist die Kommissarin aus dem Haus, greift er zum Telefon.

„Trostlos, das alles hier", grummelt Bachmann, lässt den Blick über die Eifelhöhen am Horizont schweifen und schaut dann auf die Grabplatte Charlotte Ströhers. „Da verliebt sich eine junge Berliner Krankenpflegerin aus gutbürgerlichem Haus in einen unscheinbaren Dorfmaler ..."

„Wie kommst du auf Dorfmaler?", unterbricht Beate ihn.

„War er doch", sagt Bachmann verwundert. Wunderlich klärt ihn im Sinne des Bürgermeisters auf.

„Dann eben Hunsrückmaler, in den sich diese Charlotte verliebte", knurrt Bachmann und fährt fort: „Sie folgt ihm in dieses abgelegene Kaff, zieht mit ihm in das selbstgezimmerte Provisorium, das wir vorhin vor der Nase hatten, kriegt ein Kind und kurz darauf stirbt der arme Schlucker ihr weg. Statt flugs die Zelte abzubrechen und mit dem Sohn nach Berlin in den Schoß der Familie zurückzukehren, bleibt sie bis zu ihrem Tod auf der Scholle kleben, unfassbare sechsundsechzig Jahre."

„Scholle passt nicht so recht zu dieser Hügellandschaft", mäkelt Beate. „Vielleicht waren ihr Eigenständigkeit und Unabhängigkeit wichtiger, vielleicht war ihr das Großstadtgedöns zuwider, der *Weltpuff Berlin.*"

Bei dieser Vokabel schaut Jörg Bachmann seine Freundin aus den Augenwinkeln an, sagt aber nichts.

„Vielleicht war die Liebe zu Friedrich Karl Ströher und dessen Lebenswerk über den Tod hinaus ihr Lebensinhalt."

„Jedenfalls war sie keine Beatrice", hält er dem dreifachen ‚Vielleicht' entgegen.

# Kapitel 23

## Gespräch mit dem Vorsitzenden der Stiftung „Ströher"

„Dieb gestellt, entwendetes Gemälde verschwunden, so lautet unser zwischenzeitliches Ermittlungsergebnis kurzgefasst", stellt die Soko-Chefin nüchtern fest.

„Sie wissen, dass die *Irmenacher Bäuerinnen* zum zweiten Mal Opfer eines Kunstraubs geworden sind?", fragt Mertin, der ihr in der Ströher-Dauerausstellung gegenübersitzt, lauernd.

„Nein, das ist mir neu", räumt Corinna Schmidt erstaunt ein.

Der Stiftungsvorsitzende informiert sie in gebotener Kürze und sagt: „Unser wertvollstes Stück, mein persönlicher Ströher-Favorit."

Er zeigt mit der Rechten auf das Poster, das als Platzhalter an der Stellwand herhalten muss.

„Oha! Haftet dem Bild vielleicht ein Fluch an?"

„Was gedenken Sie zu tun, Frau Hauptkommissarin?", fragt Mertin mit einem säuerlichen Unterton.

„Deshalb bin ich hier. Im Art-Loss-Register findet sich das Bild noch nicht."

„Bringt nichts", wiegelt Mertin ab. „Aufwand, Risiko und Erfolgswahrscheinlichkeit stünden in keinem vernünftigen Verhältnis."

„Aha?"

„Deshalb haben wir die Ströher-Werke auch nicht versichert."

„Muss ich das verstehen?", fragt Schmidt.

„Leider haben die Werke Friedrich Karl Ströhers noch nicht die finanzielle Schallmauer durchbrochen, ab der sich entsprechende Überlegungen lohnten."

„Geht es etwas konkreter?", will sie wissen.

„Deutlich über hunderttausend Euro."

Corinna fährt sich durchs Haar und schlägt vor:

„Vielleicht sollten wir zunächst eine Art Vermisstenanzeige mit Finderlohn in den Medien lancieren. Der SWR hat recht allgemein ja bereits über den Fall berichtet."

„Sie meinen, das würde keine schlafenden Hunde mehr wecken?"

Schmidt nickt und sagt: „Vielleicht bekommt der Dieb ja kalte Füße."

„Warum sollte er?"

„Man weiß ja nie. Vielleicht glaubt er, dass man ihm auf die Schliche kommen, ihm auf die Pelle rücken könnte."

„Schaden wird es nicht", meint Mertin.

„Vielleicht hat jemand etwas in der Nacht mitbekommen. Sachdienliche Hinweise in irgendeiner Weise belohnen, das hat sich in ähnlich gelagerten Fällen bewährt."

„Das schon eher", sagt Mertin. „Ich hoffe nur, dass der Räuber, der ja bedauerlicherweise verstorben ist, das Bild nicht an einem Ort versteckt hat, zu dem keine Spur hinführt. Wie bitter wäre das!"

„Wir gehen davon aus, dass zumindest eine zweite Person in die Sache verwickelt ist. Ein Helfershelfer, der dem Dieb nächtlings die Ausstiegsleiter installiert hat. Leider ist er auf dem Video der Überwachungskamera am gegenüberliegenden Amtsgebäude nicht zu identifizieren. Wie es aussieht, ein eher junger, schlanker Mann."

„Sollte der über den Verbleib des Gemäldes Bescheid wissen, wird er in irgendeiner Weise Kontakt zu mir, dem Stiftungsvorsitzenden, suchen, vermuten Sie, nicht wahr?"

„So ist es, Herr Mertin. Dass er sich als ein Liebhaber der Werke Ströhers das Bild an die Wand hängt, das ist wohl unwahrscheinlich, oder? Vor allem, wenn unsere Einschätzung zutrifft, dass es sich um einen eher jungen Mann handelt."

„Das sehe ich auch so, Frau Schmidt."

„Die *Bäuerinnen* lassen sich auf dem Schwarzmarkt nicht so leicht verticken, denke ich."

„Mertin nickt.

„Man wird Ihnen also ein Angebot machen. Informieren Sie uns dann zeitnah. Bitte keine Eigenmächtigkeiten!"

„Selbstverständlich, Frau Kommissarin", antwortet Mertin mit ausdrucksloser Miene.


Warum habe ich erneut den Verdacht, dass man mir Wichtiges verschweigt? Corinna steigt kopfschüttelnd die Eingangstreppe des Hunsrück-Museums hinab, wo man die Leiche Michael Marlows gefunden hatte.

Warum hat sie Elias' Eingeständnis, seinem insgeheim bewunderten Onkel Micha geholfen zu haben, erneut für sich behalten? Eine Antwort verdrängt sie.

# Kapitel 24

## Befragung des Diebesbruders

„Sie waren von Beruf Banker, Herr Marlow", sagt Soko-Cefin Schmidt zu Beginn des ‚Gesprächs', zu dem sie ihn vorgeladen hat.

„So würde ich das nicht sagen", korrigiert er und rückt mit dem Zeigefinger seine Brille zurecht, eine für sein eingefallenes Gesicht viel zu große Hornbrille, wie man sie in den Achtzigern des vergangenen Jahrhunderts trug, denkt sich Corinna. Seine grauen Augen glasig und rot unterlaufen.

„Der Begriff Banker hat seit Zweitausendacht doch einen negativen Beigeschmack, Investmentzocker und so. Ich habe eine Bankfiliale geleitet, ein grundsolides Geschäftsmodell der Kreissparkasse gemanagt."

„Mit Geld und Wirtschaft kennen Sie sich also aus", glaubt Schmidt festellen zu können.

Marlow nickt und umschließt mit den Händen die übereinandergeschlagenen Beine. Rote Socken unter brauner Cordhose, wundert sich Corinna, die ihm an dem neu angeschafften schlichten Glastisch im Verhörraum der Polizeiinspektion Simmern gegenübersitzt.

„Wie schätzen Sie den aktuellen Kunstmarkt ein?"

„Ach darum geht es", umschifft er die Frage, „das Bild, das mein Bruder hat mitgehen lassen, wie Sie unterstellen."

Sein halboffener Mund gibt den Blick frei auf kleine, tabakgelbe Zähne.

„Nun?"

„Ein stark regulierter Nischenmarkt, vermute ich. Aber erst ab einer Preisklasse im hohen fünfstelligen Bereich. Ob ein ‚Ströher‘ da anzusiedeln ist, das wage ich zu bezweifeln.“

„Angenommen, Sie wollten das gestohlene Gemälde verkaufen.“

„Die Frage stellt sich nun wahrlich nicht“, prustet er los und Lachfalten gesellen sich zu den tiefen Furchen im Gesicht.

„Würden sie es auf dem Schwarzmarkt probieren?“

„Dafür fehlt mir die Phantasie, Frau Hauptkommissarin“, anwortet er und verschränkt die Arme vor der schmalen Brust.

Das rote Hemd unter dem grauen Jackett passt zu den Strümpfen, geht es Corinna durch den Kopf. Dass es ihm an Phantasie in Sachen Schattenmarkt des Kunstbetriebs mangelt, das nimmt sie ihm sogar ab.

Ein Luftzug schüttelt die Plastiklamellen der Jalousie, ein Schwall kühler Luft und wabernde Stimmen dringen herein, ohrenscheinlich Kollegen, die einen aggressiven Besoffenen in die Schranken weisen. Sie steht auf, um die Fenster zu schließen.

„Sorry“, sagt sie. „Und Ihr verstorbener Bruder?“

„Wissen Sie, was ich glaube?“, fragt er.

Schmidt hebt die Brauen.

„Micha hat die *Irmenacher Bäuerinnen*, so er sie denn gestohlen hat, am nächsten Tag schon ins Ausland verschwinden lassen. Der kannte Gott und die Welt. Helferketten nennt man das.“

„Sie überraschen mich, Herr Marlow“, sagt Schmidt.

„Denken Sie an das Thema Geldwäsche“, sagt er. „Da wartet eine Menge Kohle.“

Der Anflug eines überlegenen Lächelns huscht über sein Gesicht, wie Corinna feststellen muss. Seine Linke gleitet über den lichten Kopf, den ein schmaler Kranz ergrauter Haare umrandet.

„Klären Sie mich auf", fordert sie und beugt sich ihm leicht entgegen.

„Über sogenannte Sitzgesellschaften im Ausland werden Gemälde zu überhöhten Preisen aufgekauft,", doziert er, „um zu verschleiern, wer hinter dem Kauf steckt."

„Um das zu verstehen, fehlt mir etwas die Phantasie", räumt Schmidt ein. „In der Sache muss ich unsere Experten vom LKA kontaktieren."

„Ich vermute das ja nur", relativiert Bankkaufmann Marlow, der sich heiß geredet hat.

„Klingt aber plausibel", sagt Schmidt. „Sie trauen Ihrem Bruder also die mit dem Deal einhergehende kriminelle Energie durchaus zu, oder?"

Marlow zuckt die Achseln, schiebt seinen Unterkiefer hin und her und die Hornbrille, die auf die Nasenspitze gerutscht ist, erneut zurück.

„Wo hat Ihr Bruder übrigens gewohnt?", wechselt sie abrupt das Thema.

„Im Wohnwagen."

„Oha! Deshalb konnten wir die Wohnungsfrage nicht klären."

„Micha war ein anarchistischer Vagabund, Frau Kommissarin, ein fester Wohnsitz hätte nicht zu ihm gepasst."

Gunther Marlow macht eine Pause, als müsse er über die Aussage, die aus ihm herausgeplatzt ist, nachdenken. Mit schleirigen Augen schaut er aus dem Fenster und sagt, mehr zu sich selbst als zu Corinna

Schmidt: „Immer war er unterwegs. Aber ist er tatsächlich vom Fleck gekommen?"

Er sucht den Blick der Kommissarin. „Ich weiß es nicht. Obwohl ich lange darüber nachgedacht habe, weiß ich es nicht."

Er flicht die Finger ineinander, stützt die Arme auf die Knie und beugt sich leicht nach vorne.

„Vielleicht hätte er sich mit einem Menschen wie dem Friedrich Karl Ströher gut verstanden. Nein, nicht vielleicht, ganz bestimmt."

„Da machen Sie aber ein großes Fass auf", meint Schmidt nach kurzem Schweigen.

„Der Ströher war wegen seiner antikirchlichen Haltung in unserem Dorf verschrien, er wurde als Kommunist und als Nichtstuer gebrandmarkt", entgegnet Marlow, nun wieder gefasst.

„Sie haben sich gut informiert", kommentiert Schmidt.

„Wir, also das Minago-Quartett, wir sind mittlerweile Ströher-Experten", antwortet er und fährt unaufgefordert fort, weiter zu erzählen. „Kein Wunder, dass Micha sich mit dem Han Wu gut verstanden hat."

„Dem Sie vor Kurzem geholfen haben, sein Haus zu verkaufen", sagt Schmidt, bemüht, ihre erneute Überraschung zu kaschieren.

„Auch Sie sind gut informiert", sagt Marlow süffisant.

„Das ist mein Job", sagt Schmidt und versucht, in die Angriffsposition zu kommen: „Wann haben Sie übrigens Han Wu und Ihren Bruder zum letzten Mal getroffen?"

„Ich dachte, das wüssten Sie bereits", gibt nun Gunther Marlow sich überrascht und räkelt es sich auf seinem unbequemen Stuhl zurecht.

„Wie das?"

„Nun, ich gehe davon aus, dass Sie im Umfeld aller, die mit meinem Bruder Kontakt hatten, recherchiert haben. Und da werden Sie es doch nicht verabsäumt haben, im Theodor-Fricke-Heim nachzuforschen, wer nach dem Museumsraub den Bruder des Diebs besucht hat. Professionelle Recherche eben."

Corinna Schmidts Zähne mahlen aufeinander. Sie versucht die triefende Ironie ihres Gegenübers wegzuwischen. Verdammt nochmal, warum haben wir genau das nicht gemacht, schießt es ihr durch den Kopf. Muss der sie erst darauf bringen.

Sie räuspert sich und fixiert ihn mit angestrengt fragendem Blick.

„Am übernächsten Tag hat mich Michael besucht, um in meinem Appartement mit mir zu frühstücken. Frische Croissants hat er vom Bäcker Jung mitgebracht, lecker, sage ich Ihnen."

„Von Ströher war bei dem Frühstück nicht die Rede", vermute ich.

„Wo denken Sie hin, Frau Kommissarin. Wie gesagt, der war bestimmt schon unterwegs, falls er ihn denn gestohlen hat."

„Wo steht übrigens, fällt mir gerade ein, der Wohnwagen?"

„Stand, Frau Schmidt, stand. Auf dem Campingplatz in Lingerhahn. Den habe ich dort am Tag der Beerdigung einem Holländer verkauft. Auch nach Corona gehen die Dinger weg wie warme Semmeln. Ratzfatz sozusagen."

Mit der nächsten Frage lässt sich Corinna etwas Zeit. Warum muss der in einem fort seine unmögliche Brille zurechtrücken?

„Haben Sie in dem Wagen Ihres Bruders etwas gefunden, das sie nicht erwartet hätten, vielleicht etwas, das für unsere Ermittlungen wichtig sein könnte."

Er zückt sein Smartphone, wischt über das Display und zeigt es der Kommissarin her. Die reibt sich verwundert die Augen.

„Skizzen, Aquarelle und dergleichen mehr. Deshalb auch meine Vermutung, der Micha hätte sich mit dem Ströher Karl gut verstanden."

„Wow! ... Und Han Wu?", wechselt Schmidt erneut unvermittelt das Thema, um Contenance bemüht.

„Der ist am selben Tag, also an dem Dienstag nach der Museumsgeschichte zum Nachmittagskaffee bei mir aufgetaucht. Hat dreitausend Euro abgeliefert. Die Provision für den Hausverkauf. Wurde auch Zeit."

„Schwarzgeld?"

Marlow zuckt grinsend mit den Schultern und sagt: „Wissen Sie, Frau Kommissarin, das Leben ist ein Geben und Nehmen."

Als Marlow sich formvollendet verabschiedet hat, atmet Corinna tief durch. Den hat sie völlig unterschätzt, muss sie sich eingestehen und macht sich an der Kaffeemaschine zu schaffen. „So leicht und zügig die Aufklärung des Diebstahls vonstatten gegangen ist, so schnell verschwindet das Diebesgut in fernem Nebel", vermutet sie. „Da beißt die Maus keinen Faden ab."

# Kapitel 25

## Tatort und Dieb

Corinna hat mit dem Leiter des Hunsrück-Museums vereinbart, sich nach offizieller Schließung des Gebäudes dort an einem Abend bis in die Nacht hinein aufhalten zu dürfen, vor allem natürlich in der Dauerausstellung „Ströher". Sie möchte in der besonderen Atmosphäre vor Ort ein Gefühl dafür bekommen, wie Michael Marlow, der Dieb, getickt haben und wie der wahrscheinliche Ablauf am Tatabend gewesen sein könnte.

Obwohl dem Museumsleiter der Sinn der Übung nicht recht einleuchtete, willigte er ein.

Corinna folgt eher einer Intuition als einer Intention. Am Nachmittag hat sie sich von frühsommerlichem Wetter einladen lassen, nach Irmenach zu fahren, um Ströhers dörfliche Hunsrück-Heimat auf sich wirken zu lassen. Am Abend traut sie ihrer jahrelangen Erfahrung als Ermittlerin. Sie weiß: Oft versteckt sich hinter der Faktenfassade das Eigentliche, das es zu verstehen gilt. Nicht nur um den Fall aufzuklären, nein, auch um ihn zu bewerten, gilt es, das Motiv hinter der Handlung zu ergründen; vielleicht gar die Leidenschaft oder die dem Akteur selbst unbewusste Sehnsucht, jeweils wirkmächtigere Antriebe als eine konkrete Absicht hinter einem Tun. ...

Mit jeder weiteren Minute, die sie, das imaginierte Bild der auf freiem Feld arbeitenden Frauen vor dem inneren Auge, sich in die empfängliche Seele und Situation des Michael Marlow vertieft, verdichtet sich ein Eindruck: Er konnte nicht zulassen, dass die Bäuerinnen in dieser finsteren Klause verblieben, vor dieser falschen Kulisse. Er musste sie befreien. Die Einlassungen des Diebesbruders Gunther haben Corinnas Eindruck bekräftigt. Ein sensibler Außenseiter wie Micha, dessen kunstsinnige Ader für sie mittlerweile außer Frage steht, der würde die *Irmenacher Bäuerinnen* ent- und einem wie auch immer gearteten Musenraum zuführen. Diese Schlussfolgerung liegt für sie auf der Hand.

Den barocken Holzrahmen der *Irmenacher Bäuerinnen*, der nach Analyse der KTU erwartungsgemäß Fingerabdrücke Michael Marlows aufweist, den hatte er logischerweise bei seiner Befreiungsaktion wütend zertrümmert. Denn der hatte die Bäuerinnen eingepfercht.

Kein Raub, ein edelmütiger Diebstahl.

Der ereignet sich in einer denkwürdigen Museumsnacht, in der auch im Dunkeln des Menschenherzens etwas geschieht.

Die Ordnungsregeln des Tages verblassen, Stille und Finsternis paaren sich gespenstisch, modriger Geruch breitet sich aus, als hätte sich alles Menschliche verflüchtigt. Doch die Dinge schlafen nicht. Das Dachgeschoss lebt. Sein Gebälk wirft Schatten, es knistert, beginnt zu flüstern und dringt ans Ohr der Bäuerinnen, um ihnen zu soufflieren: In Zeitlupe richten sie sich auf, treten aus dem Bild heraus und auf ihn zu und er weiß, was er zu tun hat. Endlich hat seine

Sehnsucht ein Echo gefunden. Endlich weiß der, der nicht weiß, wer er ist, was er will.

Entstehen so Legenden?, fragt sich Corinna selbstironisch. Wenn man seine subjektiven Eindrücke kommuniziert und um Gefolgschaft buhlt, vielleicht. Was sie nicht tun wird.

# Kapitel 26

# Leonhard

Heute hat mir Herr Mertin Zeitungsausschnitte und Mitteilungen aus den Jahresberichten der Stiftung Ströher zukommen lassen. Die Überschriften der Hunsrück-Zeitung umreißen den Spannungsbogen der seinerzeit „Ströher-Krimi" genannten Farce, die vor vier Jahren begann: „Neues Gemälde von F.K. Ströher in Berlin entdeckt" (3. Juni 2017), „Kauf der Ströher-Bilder wird zum Krimi" (2. September 2017), „Urteil: 6 Jahre Haft im Ströher-Krimi" (3. März 2018), „Ströher-Bilder: Große Freude über Heimkehr" (28. April 2018).

Ein szenebekannter, vorbestrafter Kunsträuber verkauft im Frühjahr zweitausendundsiebzehn als scheinbar vertrauenswürdiger Nachfahre eines verstorbenen Berliner Kunstsammlers in Simmern drei Werke des Hunsrückmalers. Die bis dato unbekannten, handsignierten Gemälde werden fachmännisch von Experten der Stiftung geprüft und zweifelsfrei als echte „Ströher" identifiziert. Die Geschichte, die der vermeintliche Verwandte auftischt, erscheint plausibel, auch vor dem Hintergrund der Biografie des Malers; der Verkäufer soll auf die Käufer einen seriösen, vertrauenswürdigen Eindruck gemacht haben.

Wenige Wochen später meldet sich die Berliner Staatsanwaltschaft bei Mertin, klärt ihn über den dreisten Betrug auf und konfisziert die Bilder, die aus einer Grunewalder Privatvilla gestohlen wurden, als Beweismittel.

Nach Verurteilung des Straftäters werden die Gemälde an die rechtmäßige Besitzerin, die Tochter des verstorbenen Berliner Kunstsammlers, zurückgegeben. Die erklärt sich bereit, sie nun legal an die Stiftung Ströher zu veräußern. Unterstützt von großzügigen Paten und Spendern, kauft man zum zweiten Mal die Werke auf: *Irmenacher Bäuerinnen bei der Heuernte, Feldarbeit bei Carlsfeld, Ochsenbrucher Moor.*

Die Freude, drei bislang unbekannte Gemälde Friedrich Karl Ströhers in der einzigartigen Simmerner Sammlung zu haben, überwindet letztendlich die Enttäuschung, „trotz aller Erfahrung und aller Vorsichtsmaßnahmen", wie Mertin bedauert, „einem dreisten Gauner auf den Leim gegangen zu sein."

Ich muss unbedingt Mertin fragen, welche Lehren man aus dieser unterwegs misslichen Geschichte gezogen hat. Aus Erfahrung wird man ja klug, wie der Volksmund sagt. Wurde der Stiftung seither noch einmal ein Werk Ströhers angeboten? Welche „Vorsichtsmaßnahmen" hat man für solch einen Fall getroffen? Welche intelligenten Sicherungsvorkehrungen können Kunstraub im Museum deutlich erschweren? Wie kann man sich in Zeiten des Misstrauens Sicherheit verschaffen? Quellen und Tatsachen werden schließlich immer wieder, verschwörungsideologisch motiviert, infrage gestellt? Wie lässt sich in Zeiten von Fake News Vertrauen aufbauen, um Zweifel zu entkräften? Wie lässt sich Glaubhaftigkeit prüfen, wenn unser Auge getäuscht wird?

Im Feuilleton einer tagesaktuellen überregionalen Zeitung lese ich von einer „augenöffnenden" Werkschau des 2013 verstorbenen SED-Parteimalers Willi Sitte anlässlich seines hundersten Geburtstags. Der künstlerische Autodidakt Sitte habe „Etikettenschwindel" mit seinem Gemälde „Rufer II" betrieben, da es „Rufer I" nicht (mehr) gebe. Er habe dieses 1962 geschaffene Bild nämlich aus Gründen parteipolitischer Erwünschtheit übermalt, um es kunstideologisch der Doktrin des sozialistischen Realismus anzupassen.

Ich frage mich, ob Friedrich Karl Ströhers weltanschauliche Überzeugung, die etliche Jahrzehnte später einen Resonanzraum in der DDR gefunden hätte, den Hunsrücker Künstler zu Sitte-ähnlichem Handeln verleitet hätte. Hätten die *Irmenacher Bäuerinnen bei der Heuernte* eine vergleichbare Verwandlung erfahren? Ich werde mit Karl Kaul darüber reden.

Vielleicht probiere ich es in seinem Malkurs mit Beatrice mal aus.

# Kapitel 27

## Annemie

Leonhard hat in unserem Kreis durchblicken lassen, dass er sich mit einem Romanprojekt beschäftige. Deshalb, auch deshalb schreibe er regelmäßig Tagebuch. Seinen Detektivroman, der die Akte Ströher öffne, werde er nicht in der ersten Person schreiben; die fessele ihn allzu sehr an die Handschellen des Ichs. Er habe sich für die dritte Person entschieden, die ihm mehrere Perspektiven auf den Raub der *Irmenacher Bäuerinnen bei der Heuernte* ermögliche. Zudem eröffne ihm diese Perspektive Freiheiten, nicht zuletzt auch solche, die den Leser auf falsche Fährten lockten. Da bin ich mal gespannt, was er uns bieten wird. Die Muse soll ja durchaus auch noch Senioren küssen.

Uns, also Minago, habe er nicht nur als Handlungsfiguren, sondern auch als Leser auserkoren. Vielleicht werde er uns mal mit einer Kostprobe beglücken, um zu testen, wie seine Detektivgeschichte wirke.

Wie er das gesagt hat! Wie ein überheblicher Conférencier seines eigenen Lebens. Diese aufgeblasene Formulierung habe ich unlängst in der Zeitung gelesen und sie mir gemerkt. Weil sie zu ihm passt. Manchmal denke ich, dass er uns gerne für seine Zwecke einspannt. Beatrice vielleicht weniger, aber das ist ein anderes Thema.

Irgendwie hat er mich dennoch animiert, das auch zu machen, täglich Notizen aufzuschreiben, meine ich. Auch Banales wie künstliche Fingernägel, zugegebenermaßen ein Tick von mir, lädt dabei zum Nachdenken ein. Ab einem gewissen Alter hätten Hände nicht nur etwas Biographisches, sie könnten einfach nicht lügen, sondern auch etwas Historisches, hat jemand mal behauptet. Meine nicht!, sage ich. Dem Verrat des Älterwerdens biete ich schlankweg Paroli. Tut gut. Kapitulieren war nie und ist nicht mein Ding.

Gunther hat mich heute doch tatsächlich in sein Appartement im Altenheim eingeladen. „Damit du siehst, hörst und riechst, warum ich möglichst bald in eure schicke Seniorenresidenz umziehen möchte."

Nach meinem Besuch kann ich ihn verstehen. Nicht, dass seine aktuelle Bleibe mich abgeschreckt hätte. Nein, das Heim an sich hat mich deprimiert.

In seinem Zimmer hängen zwei van Gogh-Reproduktionen, die mich an Bilder Friedrich Karl Ströhers erinnern. Ich habe sie mir eine Weile angeguckt, was ihn merkwürdigerweise irritiert hat. „Die hat mein Vorbewohner wohl hier zurückgelassen", sagte Gunther und meinte, mich mit einem Vortrag über Investitionen in sogenannte ETFs ablenken und unterhalten zu können. Ätzend. Einmal Banker, immer Banker, habe ich mir gedacht. Wer mag schon Klugscheißer. Beatrice hat mit ihrer Einschätzung leider doch recht. Wie so oft.

„Wenn dir die Bilder nichts bedeuten, dann kannst du mir das mit den *Heuschobern* ja schenken", sagte ich.

„Auf keinen Fall", reagierte er empört. „Vielleicht kommt der Vormieter nochmal vorbei, um sie abzuholen. Wie stünde ich denn da!", murrte er. Ich zog meinen Wunsch zurück.

Im Nachhinein, also jetzt, da ich es aufschreibe, wundere ich mich, wie die Sache mit den van Goghs ihn genervt hat. Da stimmt irgendetwas nicht. Ich muss Leonhard und Beatrice darauf ansprechen.

Nun, Gunther bat, nein er drängte mich geradezu, aufzubrechen, um im Café einen Cappuccino zu trinken. „Den Muckefuck hier will ich dir ersparen."

Zum Glück stieß im Café Jung eine alte Bekannte zu uns. Marlis ist zwar eine Quasselstrippe, aber allemal unterhaltsamer als Gunther. Dem fiel kein gescheites Gesprächsthema ein.

Doch als Marlis die Platte putzte, überraschte er mich mit einer Bitte, die ich ihm nicht zugetraut hätte. Ob ich ihm mein Ohr leihen möchte. Er wolle mir von seinem verstorbenen Bruder erzählen. Aber nicht hier, nicht in dieser Bahnhofgaststätten-Atmosphäre. Ich nickte, er zahlte und wir verließen das Café.

Auf einer Bank am Simmerbach sprudelte es aus ihm heraus.

Micha sei nur selten einer geregelten Arbeit nachgegangen, habe das eine oder andere krumme Ding auf dem Kerbholz und so gelegentlich ein Leben auf großem Fuß geführt, was der Schlawiner natürlich nie zugegeben hätte. Trotz allem habe er seinen Bruder geliebt und insgeheim ein wenig bewundert, vielleicht weil der sich, stets anders als er, dem bürgerlichen Heldenleben, wie er glatte Lebensläufe genannt habe, nonchalant verweigert habe. In den wenigen Hinterbleibseln habe er, Gunther, einen Schuhkarton mit Tagebuchnotizen sowie Zeichnungen und Aquarellen entdeckt, künstlerische Versuche seines Bruders, die der nie erwähnt habe und die er ihm nicht zugetraut hätte. Seine künstlerischen Versuche hätten oft die Felder und Wiesen um Irmenach zum Motiv. Das habe ihn, den älteren Bruder, nicht überrascht. Ihre Mutter sei früh verstorben, gerade einmal achtunddddreißig Jahre alt. Bei der Heuernte sei sie zusammengebrochen. Da sei Michael als siebenjähriger Pimpf dabei gewesen. Herzinfarkt habe der Arzt vermutet. ...

Von den gestohlenen *Irmenacher Bäuerinnen* war übrigens nicht die Rede.

Warum Gunther mir das alles erzählte, weiß ich nicht. Ich habe ihm zugehört und es war gut so. ...

Als ich, in Gedanken versunken, zuhause meinen Briefkasten öffnete, wartete dort die nächste Überraschung auf mich: ein Brief mit dem Absender Karl Kaul. Er bedauerte, meine Frage, ob das Haus im Hintergrund der *Irmenacher Bäuerinnen* das Wohnhaus Ströhers sei, einfach so abgetan zu haben. Mein Gedanke habe ihn seither beschäftigt und er vermute, dass der Maler seinen Sehnsuchtsort künstlerisch vorweggenommen haben könnte. Manches Mal verstelle einem das Wissenskorsett den wachen Blick aufs Wesentliche, räumte er ein. Ich möge es ihm nachsehen.

Als ich Beatrice von dem Brief erzählte, tat sie ihn mit einem „Aha!" ab.

# Kapitel 28

# Nachbarn

Das Haus steht seit mehr als einem Jahr leer.

Wie jeden Morgen grüßen Leonhard, als er zur Frühgymnastik auf seinen Balkon schlurft, verschlossene Rollläden. Das nervige Gezeter der Krähen, die sich auf dem Dach des Hauses auf der anderen Straßenseite streiten, schlägt ihm wie üblich entgegen.

Zu seiner Überraschung öffnet sich an diesem sonnigen Dienstag Ende April das Tor zur Straße hin und ein riesiger Möbeltransporter steuert in den gepflasterten Hof, gefolgt von einem zweiten Dickschiff. Er kneift die Augen zusammen, als wolle er den Blick scharf stellen.

Anfang April des vergangenen Jahres war die betagte Hausherrin verstorben. Unerwartet, wie er und seine Mitbewohner meinten. Herzschlag. Ein schöner Tod, dachte er, kurz und schmerzlos. Drei Tage später, am Abend nach der Beerdigung, hatte die Tochter den dementen Ehemann, ihren Vater, im Alten- und Pflegeheim vis-a-vis untergebracht. Glücklicherweise war einer der begehrten Plätze frei geworden, hatte er gehört. Nicht von der Tochter, die hatte ihm, dem Nachbarn, und den anderen in der Seniorenresidenz, nicht einmal eine Todesanzeige zukommen lassen. Na ja, er mochte sie auch nicht. Dennoch war er zur Beerdigung gegangen. Weil es sich so gehört.

In den Wochen danach verwaiste das Haus. Nur eine Gartenpflegefirma sorgte dafür, dass die Außenanlage ansehnlich blieb. Die dünnen Gardinen indes wurden grau und grauer: wie Schleier hingen sie in den Fenstern. Ab Ende Mai setzte der Besichtigungstourismus ein, wie er es nannte. Immer wieder kreuzten Interessenten in Luxuskarossen auf. Im Internet hatte er den Kaufpreis für das Anwesen gefunden: siebenhundertfünfzigtausend Euro, was ihn kaum überraschte.

Und nun, ein Jahr später, rückt anscheinend ein Käufer an. Oder nur ein Mieter? Er wird es herausfinden.

Die Haustür wird geöffnet und vier Transportarbeiter, zwei aus jedem Wagen, beginnen zügig mit ihrer Arbeit; Entrümpelung, wie er verwundert beobachtet. Während das Wohnzimmer in den Schlund des ersten Lastwagens wandert, kreuzt die Alleinerbin, die Tochter der verstorbenen Nachbarn, auf - der Vater folgte wenige Wochen nach dem Tod seiner Frau ihr nach - und schaut der geschäftigen Entsorgung des Innenlebens des elterlichen Hauses zu, ohne eine Regung zu zeigen. Gelangweilt sitzt sie auf einem Klappstuhl, den sie mitgebracht hat, und würdigt ihn, der von seinem Adlerhorst an der gegenüberliegenden Straßenseite aus das Treiben verfolgt, keines Blickes. Nicht ein einziges Mal macht sie Anstalten, das Haus zu betreten und nach dem Rechten zu sehen. Als einer der Entkerner ihr ein Ölgemälde herzeigt, winkt sie ebenso ab wie bei einem anderen, der mit einer Kuckucksuhr auf sie zugeht. Nach zwei Stunden ist der Spuk vorbei, die beiden mobilen Riesenmüllcontainer verlassen das Gelände, die Tochter verschließt Tür und Tor und marschiert ab, ohne sich noch einmal umzuschauen.

Kopfschüttelnd räumt Leonhard den Frühstückstisch auf seinem Balkon und macht sich auf den Weg, einige Besorgungen in der Stadt zu erledigen.

Als er um die Mittagszeit zurückkehrt, steht ein Umzugswagen auf dem Hof, Frankfurter Kennzeichen. Er bezieht wieder Stellung und legt sich das Fernglas zurecht. Vielleicht die neuen Bewohner? Ein drahtiger, schwarzgelockter Mittvierziger, der seinen dunkelblauen SUV, ebenfalls Frankfurter Kennzeichen, neben der Garagenzeile geparkt hat, erteilt den Arbeitern Anweisungen, wohin sie das jeweilige Mobiliar zu verfrachten haben. Als er seiner ansichtig wird, grüßt er mit einem angestrengten Lächeln im zerfurchten Gesicht. „Ich klingle mal bei Ihnen an, wenn das hier vorbei ist, Herr Nachbar", ruft er über die Straße hinweg mit einer angenehm sonoren Stimme und hievt den anstürmenden Jungen auf den Rücken, der ihm, dem Nachbarn, zuwinkt. Eine blassgesichtige junge Frau, vielleicht Anfang zwanzig, vermutet er, sitzt am Begrenzungszaun zur Straße hin etwas abseits auf der Holzbank, die von der morgendlichen Entsorgungsorgie verschont geblieben ist. Sie hat die Beine übereinandergeschlagen, raucht und wirkt abwesend unter ihrem breitrandigen Strohhut. So sein Eindruck.

Als der Transporter gegen fünfzehn Uhr abfährt, stakst sie schnurstracks an dem Mann vorbei ins Haus, missmutig und ohne ihm einen Blick zu gönnen. Spindeldürr ist sie, bemerkt er. Für seine Tochter ist sie zu alt, geht es ihm durch den Kopf, als Mutter des Jungen und Partnerin des Mannes zu jung.

In Gedanken versunken sucht er den Schreibtisch auf, um an seinem Roman *Zielscheibe Ströher* weiterzuarbeiten.

Gegen siebzehn Uhr klingelt es und der neue Nachbar fragt, ob er einige Minuten Zeit habe.

„Ströher heiße ich", sagt er, als er eintritt. „Christian, wenn es Ihnen Recht ist."

„Oh", sagt er, „Leonhard und du, wenn es dir Recht ist."

„Gerne", antwortet Christian und sinkt in den zerschlissenen Lesesessel des Arbeitszimmers, den er ihm anbietet.

„Ein Bier nach der Strapaze?"

„Gerne."

„Du bist Schriftsteller?", fragt er und zeigt auf das Cover des Romans *Hunsrück-Skandal* auf dem Holztischchen, als Leonhard ihm eine geöffnete Flasche reicht, um mit ihm anzustoßen.

„Quasi mein Zweitberuf nach der Pension", sagt er schmunzelnd.

„Woran arbeitest du gerade?"

„An einem Kriminalroman, in dem es um den Raub eines *Ströher* geht."

Christian lässt die Bierflasche in der Luft stehen und starrt ihn mit geöffnetem Mund an.

„Ein Gemälde des Hunsrückmalers deines Namens", klärt Leonhard lachend auf, „es wurde aus der Dauerausstellung im Hunsrück-Museum ..." – bei diesen Worten zeigt er in Richtung Schlossplatz - „ ... gestohlen."

Er greift in die Jackentasche und zieht die Postkarte mit dem gestohlenen Bild, das er seit dem Besuch im

Atelier Karl Kauls bei sich trägt, aus dem Jackett. *Irmenacher Bäuerinnen bei der Heuernte*", sagt er und zeigt es Christian her.

Der kratzt sich am Hinterkopf und sagt: „Meine Familie stammt ursprünglich aus dem Hunsrück. Die Urgroßmutter wurde, wenn ich mich recht erinnere, in Irmenach geboren, irgendwann gegen Ende des neunzehnten Jahrhunderts. Könnte eine der Frauen bei der Heuernte sein, oder?"

„Da wird ein Schuh draus", grummelt Leonhard, „der Friedrich Karl Ströher wurde achtzehnhundertfünfundsiebzig in Irmenach geboren. Lehr- und Wanderjahre quer durch Europa ließen ihn zum Künstler reifen. Danach lebte er mit seiner kleinen Familie wieder in dem Ort, wo er allzu früh verstarb."

„Die Sache fängt an mich zu interessieren", sagt Christian nachdenklich. „Von einem Kunstmaler war in unserer Familie allerdings nie die Rede."

„Übrigens hat die Kunstbanausin, die dir das Haus verkauft hat, bei dessen Entkernung heute Morgen auch einen echten *Ströher* in den Müllcontainer wandern lassen. Meinen Protest hat sie schlankweg ignoriert."

„Passt!", kommt es Christan gepresst über die Lippen.

Erst jetzt bemerkt Leonhard die tiefen Falten, die sich von Christians Mundwinkeln bis zum Kinn ziehen.

„Aha?"

„Eine kaltschnäuzige Frau. Nun ja. ... Jetzt sind wir also quasi Nachbarn, Leonhard."

„Auf gute Nachbarschaft", sagt er und prostet seinem Überraschungsgast zu.

„Und was hat dich just nach Simmern auf den Hunsrück verschlagen?"

„Eine private Misere, um es auf den Punkt zu bringen. Ich musste einfach weg. Nicht nur Tapetenwechsel, der übrigens dort ..." – sein Ringfinger geht Richtung Fenster - „tatsächlich noch ansteht."

„Oha!"

„So ist es."

„Zu dritt in diesem riesigen Haus?"

„Justus, mein Sohn, und Mara, meine Stieftochter. Ihre Mutter, meine Partnerin – oder ist sie es gar nicht mehr? Keine Ahnung. Also Julia hat sich kurz entschlossen vom Acker gemacht, wie man hier auf dem Hunsrück wohl sagen würde, oder?"

Leonhard zuckt mit den Achseln.

„Also, sie müsse eine Auszeit von mir und von uns und überhaupt haben. Deshalb reise sie für unbestimmte Zeit zu einem Retreat nach Bali. Nach Corona wieder möglich, nebenbei bemerkt."

„Ich dachte, so etwas gäbe es nur in der Literatur", murmelt Leonhard.

Nun zuckt Christian mit den Achseln.

„Auszeit. Mhm. Ein seltsames deutsches Wort. Als könne man aus dem unaufhaltsamen Fluss der Zeit ausbüchsen", grummelt Leonhard. „Als könne man mal so eben die Uhr anhalten, um sie bei Bedarf wieder in Gang zu setzen."

„Interessanter Gedanke", sagt Christian, „darüber muss ich nachdenken."

„Warum dann gleich ein solch teures Haus?", wechselt Leonhard das Thema.

„Teuer?", entgegnet Christian, „in Frankfurt gibt's für den Preis allenfalls ein Reihenhaus."

„Da bin ich aber mal gespannt, was du beruflich machst."

„Informatiker", sagt Christian. „selbständig. Da ist es nahezu egal, wo man wohnt. Übrigens, die Wände unseres neuen Domizils sind jungfräulich. Ein Bild meines Namensvetters ..."

„... ist kaum zu erwerben. Nichts auf dem Markt und die Sammlung Ströher kauft alles, wenn mal etwas angeboten wird", unterbricht ihn Leonhard.

„Alles nur eine Frage des Preises."

Bei diesem Einwand pirscht sich ein Gedanke in Leonhards Kopf, ohne dass er ihn schon schon klar fassen könnte.

„Wer wohnt denn ansonsten in eurem Haus?", fragt Christian beiläufig.

„Unter anderem Minago", geheimnist Leonhard.

Ströhers buschige Brauen wandern hoch.

„So nennen wir uns. Wir, ein Quartett umtriebiger Senioren, die sich aktuell um den Kunstraub Ströher kümmern und der Polizei dabei zumeist ein Stückchen voraus sind. Was nicht ohne Reiz ist."

„Vor euch muss man also auf der Hut sein", sagt Christian und prostet Leonhard zu.

„Wenn du mal in einer kniffligen Angelegenheit Unterstützung brauchst, Christian, wir stehen bereit. Vier neugierige, ín aller Bescheidenheit gesagt kompetente, gut vernetzte Privatermittler."

„Na ja, bis Bali reicht euer Netz wohl kaum."

„Da irrst du dich", zieht Leonhard ein Ass aus dem Ärmel, „Beatrice, die Ärztin in unserem Club, die besitzt im Norden der Insel ein Haus in einer Luxusanlage nahe Tejakula."

Bei diesem Ortshinweis starrt Christian Leonhard ungläubig an, den Mund offen.

„Jesses Maria! Dorthin ist Julia aufgebrochen", stammelt er. „Ich fasse es nicht."

„Na, dann werde ich Beatrice bitten, da mal nachzuhören."

Christian setzt die Nickelbrille ab und reibt sich die Augen. Dann holt er tief Luft und fragt:

„Hat eure Ärztin vielleicht einen irgendwie religiös verbrämten Esoterik-Fimmel?"

„Das würde sie weit von sich weisen", antwortet Leonhard lachend, „aber in der Tat, so was in der Art. Wie kommst du darauf?"

„Na ja", entgegnet Christian, „Julia hat in den letzten Wochen mehrfach Dinge anklingen lassen, die in diese Richtung gehen. War ihr bis dato völlig fremd."

„Und du hast keine Ahnung, was sie dazu gebracht haben könnte?"

„Hm. Es ist mir mal gelungen, ihren E-Mail-Account anzuzapfen. Ich weiß, sollte man nicht tun. Aber ..."

„Schon gut", unterbricht ihn Leonhard, „und?"

„Sie hat sich da mehrfach mit einem dubiosen Han Wu ausgetauscht. Worüber, das konnte ich allerdings nicht in Erfahrung bringen."

Jetzt ist es an Leonhard, sich zu wundern.

„Habe ich recht verstanden?", stottert er, „Mit Han Wu?"

„Wie, der Name sagt dir was?"

„Und ob!", poltert Leonhard los. „Der ist in die Ströher-Geschichte verwickelt, in den Kunstraub meine ich."

Als Christian Ströher sich verabschiedet hat, wundert er sich: Ohne Not hat der junge Mann seine Karten vor ihm, dem fremden Nachbarn, aufgeblättert. Dass er, Leonhard, solch eine Vertrauen erweckende Aura haben sollte, ist ihm neu. Neu ist ihm hingegen nicht, dass Menschen von seiner Fähigkeit, geradezu suggestiv zuhören zu können, zum Reden verleitet werden, ohne dass er selbst allzu viel preisgeben müsste. Oft genug hat er es erfahren. Ist der gehörnte Neuankömmling, fragt er sich, besonders naiv oder außergewöhnlich selbstbewusst? Wohl eher Letzteres, mutmaßt Leonhard. Ein interessanter Kasus ist er allemal.

# Kapitel 29

## Minago

Beatrice teilt dem Freundeskreis mit, dass sie eine Bildpatenschaft übernehmen werde; ein restaurierungsbedürftiges neoimpressionistisches Kleinod Friedrich Karl Ströhers mit dem Titel *Selbstbildnis mit Pickelhaube* stecke ihr in der Nase. Zudem werde sie an einem Malkurs Karl Kauls teilnehmen, um ihre theoretischen Kenntnisse durch praktisches Tun vom Kopf auf die Füße zu stellen.

„Vielleicht hat ja noch jemand Interesse teilzunehmen?"

„Kann nicht schaden", ergreift Leonhard die Gelegenheit beim Schopf, „eine sinnvolle Ergänzung meiner kreativen Schreibversuche sozusagen, oder?"

Beatrice nickt ihm zu.

„Übrigens haben wir spannende neue Nachbarn", weiß er dann zu berichten.

„Du meinst den jungen Mann, der die Villa gegenüber gekauft hat, in der er mit zwei Kindern wohnt."

„Deinem Spürsinn entgeht aber auch nichts, Gunther", meint Leonhard, um anschließend über seine Begegnung mit Christian Ströher zu informieren. „Zwei Dinge sind dabei für uns wichtig." Mit dieser Ankündigung sichert er sich die Aufmerksamkeit der Kaffeerunde.

„Einerseits gibt es möglicherweise eine Verbindung zu dir, Beatrice."

„Da bin ich aber mal gespannt", sagt sie und schiebt ihren Kuchenteller zur Seite.

„Nun, die Ehefrau Christians ist vermutlich in einer Art Flucht vor dem Alltag zu einem Retreat nach Bali aufgebrochen, genauer gesagt nach Tejakula, möglicherweise genau zu dem Ort, wo du dein Haus hast. Vielleicht kannst du da mal deine Drähte heißlaufen lassen."

„Warum sollte ich?"

„Irgendwie habe ich das Gefühl, die Sache könnte mit unserem Fall zu tun haben", orakelt Leonhard.

„Und andererseits kommt Christan Ströher, möglicherweise weitläufig verwandt, ansonsten aber nicht verbandelt mit unserem Hunsrückmaler, durchaus als potentieller Käufer für die *Bäuerinnen* und ... oder den *Knaben in Blau* in Betracht."

„Konkurrenz für die Ströher-Stiftung? Wie das?", fragt Annemie, wobei sie sich beinahe an ihrem kunstvoll verzierten Stück Frankfurter Kranz verschluckt.

„Nun, der Ströher Christian, wie der Hunsrücker sagen würde, der scheint in Geld zu schwimmen. Und die Aussicht, einen waschechten ‚Ströher' sein eigen zu nennen, könnte für ihn reizvoll sein. Hat er mir gesagt."

Bei diesem Hinweis glaubt Leonhard ein kurzes Zucken der Nasenflügel im Gesicht Gunthers wahrzunehmen, der sich Minuten später wegen eines unaufschiebbaren Termins, wie er sagt, vorzeitig verabschiedet.

Annemie räuspert sich und teilt den beiden anderen mit, was ihr tags zuvor in Gunthers Appartement aufgefallen ist und was sie anschließend bei seiner Beichte am Simmerbach erfahren hat.

„Gunther ist geldsinnig", kommentiert Beatrice, „dass er kunstsinnig sein könnte, dafür fehlt mir allerdings die Phantasie."

Als Annemie den frühen Tod der Marlow-Mutter erwähnt, die bei der Heuernte einen Herzinfarkt erlitten habe, und von den künstlerischen Versuchen des jüngeren Sohnes berichtet, von denen ihr Gunther erzählte, platzt es aus Beatrice heraus:

„Klarer Fall von Flashback."

Angesichts der Fragezeichen in den Augen ihrer Mitstreiter erklärt sie, mit dem Wort bezeichne man in der Traumaforschung eine unerwartete Begegnung mit dem Abbild des traumatisierenden Ereignisses.

„Das könnte Auslöser für Michael Marlows Tat im Museum gewesen sein", räsoniert Leonhard. „Wie dem auch sei, ich halte es für angesagt, mal wieder Hauptkommissarin Schmidt zu kontaktieren. Die Puzzlesteinchen unserer und ihrer Ermittlungen zusammenzusetzen könnte erhellend sein."

Seine beiden Freundinnen stimmen ihm zu, um ihn im selben Atemzug zu einer Runde Darts zu überreden.

„Zielscheibentraining", ermuntert Annemie ihn.

# Kapitel 30

# Kooperation

Nach einem anstrengenden Tag will die Soko-Chefin gerade ihr Büro verlassen, da signalisiert Melissa den Eingang einer SMS. *Leonhard Aron* zeigt das Display an. Der wird mir irgendeine Info abluchsen wollen, geht es ihr durch den Kopf, dennoch ist sie neugierig auf die Nachricht: *Wir sollten uns mal wieder austauschen. Morgen 17.30 Uhr, gerne auch auf Ihrer Dienststelle? LA*

*Geht in Ordnung*, antwortet sie. *Ich erwarte Sie.*

Pünktlich wie die Maurer findet sich das Team Aron und Winter in der Polizeiinspektion Simmern ein. Der Duft frischen Kaffees heißt sie willkommen.

„Vermutlich haben auch Sie Neuigkeiten in der Causa Ströher", hebt Leonhard nach dem üblichen Austausch von Nettigkeiten an.

„Bin auf Ihre gespannt", fängt Schmidt den Spielball auf.

„Ein Motiv für Michael Marlows Tat", raunt Leonhard.

Die Ankündigung elektrisiert Corinna, in deren Kopf sich sogleich ihr abendlicher Besuch im Museum in Erinnerung bringt.

„Aha?"

„Flashback."

„Klären Sie mich bitte auf, Frau Doktor Winter."

Beatrice informiert über den frühen Tod der Marlow-Mutter und die wahrscheinliche Traumareaktion ihres jüngsten Sohnes.

„Plausibel", sagt Schmidt, deren Wangen sich gerötet haben, „ich muss darüber nachdenken."

In den Moment des Schweigens hinein wechselt Leonhard Aron das Thema.

„Was macht die Fahndung nach Han Wu?"

„Der ist außer Landes", räumt Corinna, die sich wieder gefangen zu haben scheint, unumwunden ein. „In Begleitung einer jüngeren Frau, die als seine Gattin Julia Nygen mit ihm ..."

„... per Malaysia Airlines nach Kuala Lumpur mit dem Ziel Bali geflogen ist", wird sie von Leonhard unterbrochen.

„Deren wahre Identität wir im Übrigen kennen", fügt Beatrice hinzu.

Die Kommissarin bekommt den Mund nicht mehr zu.

„Sie heißt eigentlich Julia Ströher", präzisiert Leonhard.

„Wow. Chapeau!"

„Ich sagte es Ihnen ja, Frau Schmidt. Kooperation zahlt sich aus, für Sie und für uns", sagt Leonhard schmunzelnd, gönnt sich einen Schluck und lobt den Kaffee.

Beatrice erklärt: „Sie ist die Ehefrau unseres neuen Nachbarn auf der anderen Straßenseite, Christian Ströher."

Erneut wandern Schmidts Brauen nach oben.

„Übrigens keine unmittelbar nachweisbare Verwandtschaft mit unserem Hunsrückmaler", stellt Leonhard klar.

„Wir gehen davon aus, dass die *Irmenacher Bäuerinnen* mit dem Schein-Ehepaar Nygen ins ferne Südostasien gereist sind ...“,

„... und im Künstlermagnet Ubud auf die Werke von Walter Spies treffen, Frau Kommissarin“, unterbricht Beatrice und wirft Leonhard einen komplizenhaften Blick zu, der Corinna Schmidt nicht verborgen bleibt.

„Sie meinen die balinesische Künstlerstadt auf dem Berg, die dem deutschen Maler und Musiker Walter Spies, der 1942 bei einem tragischen Schiffsunglück im Indischen Ozean ums Leben kam, noch heute ihre Anziehungskraft verdankt“, greift die Kommissarin Beatrice‘ Einwurf auf. „Vielleicht finden die *Irmenacher Bäuerinnen* im dortigen Puri-Lukisan-Museum eine neue Heimat. Neoimpressionismus träfe auf Spies' magischen Realismus, eine durchaus reizvolle Konfrontation, wie mir gerade einfällt – wenn Sie mir die Spekulation gestatten.“

Bei diesem Hinweis huscht ein Lächeln über das Gesicht der Kommissarin.

„Übrigens besuchte Walter Spies, der unter anderem als Assistent des Stummfilmregisseurs Friedrich Murnau gearbeitet hatte, in Ströhers Todesjahr erstmals Bali. Auch Spies erreichte nicht das fünfzigste Lebensjahr.“

Nun ist es an dem Minago-Duett sich zu wundern. Mit wertschätzendem Akzent nimmt Beatrice Corinnas ironischen Unterton auf und orakelt, dass die Hauderer um Karl Kaul ja in schöpferischer Hunsrückatmosphäre der 1936 gegründeten balinesischen Künstlervereinigung Pita Maha nacheifern könnten, um Simmern zum Ubud von Rheinland-Pfalz erblühen zu lassen.

Am Abend notiert Leonhard in sein Tagebuch: „Cornelius Mertin werde ich mitteilen, der Erpresser habe sich nicht mehr gemeldet. Minago stelle seine Ermittlungen ein. ‚Der Fall ist geklärt. Näheres wird Ihnen Hauptkommissarin Schmidt mitteilen.'

E.T.A. Hoffmann lässt in seinem *pädagogischen Experiment, vermöge dessen ein Kater zum Dichter und Schriftsteller* wurde, Murr *das genaue Studium der Finten* fordern; es sei *unerlässlich.* Dem stimme ich, der debütierende Autor eines Detektivromans, ebenso zu wie der Unterstellung des an sich selbstverliebt-blasierten, gleichwohl naiven Katers, in den Finten liege, *wie im reichen Schacht, die wahre Lebensweisheit verborgen.*"

# Kapitel 31

## Autorenlesung

Monate später. Autorenlesung im Großen Saal des Simmerner Schlosses. Im Auditorium auch Annemie und Beatrice, die Minago-Frauen, Gunther fehlt, sowie Corinna Schmidt und Kollegen, die ehemalige Soko „Kunstraub Ströher". Elias und Emilie sitzen in der hinteren Reihe rechts, Christian Ströher und Sohn Justus links.

Der Stiftungsvorsitzende Cornelius Mertin stellt den Autor Leonhard Aron vor. Mit dem Hinweis, der Roman *Zielscheibe Ströher* verknüpfe die Fäden tatsächlicher Ereignisse und Personen mit einer fiktiven Kriminalgeschichte, die sich in Simmern und Umgebung abspiele, weckt er die Neugierde auch der Zuhörer, die, ohne Vorkenntnisse der Geschehnisse, unvoreingenommen zur Lesung erschienen sind.

„Gerne hätten wir dem heutigen Anlass gemäß Friedrich Karl Ströhers *Lesenden Mann* präsentiert. Doch das Bild ist im Privatbesitz und war nicht auszuleihen. Das *Selbstbildnis I* aus unserer Sammlung..."
- er zeigt auf das Ölgemälde, dessen Portait als Pars pro Toto des Ströher-Werks auf einer Staffelei ins Publikum blickt - „... ist mehr als nur ein Ersatz."

Mertin übergibt an den Autor, dem nun die Bühne gehört. Aron schaut auf seinen Titelhelden und meint: „Ein Vierzigjähriger, zurückhaltend, gleichwohl irritierend, wie er den Betrachter aus den Augenwinkeln zu fixieren scheint. Kleidungsmäßig zeigt er sich als Arbeiter, nicht als Künstler. In der Haltung, im Habitus erinnert er mich an Selbstportraits van Goghs. Womit ich die Brücke zu meinem Roman *Zielscheibe Ströher* schlage, wie Sie bei der Lektüre feststellen werden. ... Ach, Herr Mertin, gut, dass Sie nicht Ströhers *Selbstportrait mit Stahlhelm* aufgestellt haben. Die Anspielung auf meinen Romantitel wäre dann doch zu platt und obendrein irreführend gewesen, wenn ich en passant an Otto Dix' *Selbstporträt als Schießscheibe* denke. Obendrein leben wir im einundzwanzigsten Jahrhundert. Da brauchen wir eigentlich keine Kriege mehr. Das erledigen wir schon durch das, was wir Fortschritt nennen."

Der vielsagende Blick des Autors tastet die Gäste ab, verharrt einen Moment auf dem hellwachen Gesicht von Elias, der mit einem Lächeln antwortet, und fährt mit einem überraschenden Statement fort: „Ich freue mich, dass fast alle wichtigen Akteure zugegen sind, die dem Leser meines Romans *Zielscheibe Ströher* als Handlungsfiguren begegnen. Sie beglaubigen gleichsam das Vorwort, das Herr Mertin gesprochen hat. Ihrer namentlichen Erwähnung im Roman haben sie ausdrücklich zugestimmt. Dennoch oder gerade deshalb möchte ich betonen: Die Figuren in der *Zielscheibe Ströher* sind meine Kopfgeburten, sie sind nicht die Personen, die hier zugegen sind."

Bei diesen Worten wandern seine Blicke von links nach rechts übers Publikum.

„Ausgangsort des Erzählten ist die Daueraustellung unterm Dachgeschoss, die unserem Hunsrückmaler in diesem Haus die Ehre erweist, die ihm zeitlebens weitgehend versagt blieb. Vielleicht endet es sogar hier."

Die Zuhörer tauchen in die angespannte Stille ein, die Leonhard Aron inszeniert, bevor er mit dem Vortrag der Expositionsszene „Im falschen Sarg" beginnt. Es folgt Kapitel sechzehn, „Begegnung der Ermittler am Pfarrhaus". ...

Pause. Umtrunk im Foyer.

„Ich bin sehr gespannt, wie Ihr Roman endet, Herr Aron", sagt Corinna, die ihm an einem der Stehtische, ein Sektglas in der Hand, gegenübersteht.

„Für Sie dürften die Passagen kaum überraschend sein, die ich nach der Pause vortragen werde, Frau Schmidt", antwortet er, „das Romanende werde ich freilich nicht vorlesen."

„Verstehe, Sie wollen potentiellen Lesern Lust auf die Lektüre machen – und das ist Ihnen bislang zweifelsohne gelungen."

„Falko, von der Hunsrücker Zeitung, Herr Aron", drängt sich der Lokalreporter dazwischen, „darf ich Ihnen ein paar Fragen stellen?"

„Jetzt nicht, nach der Lesung", entgegnet der Autor und wendet sich kopfschüttelnd wieder der Kommissarin zu, die gerade Herrn Mertin begrüßt.

„Ich freue mich, dass so viele Gäste unserer Einladung gefolgt sind", sagt der Stiftungsvorsitzende und seine Augen strahlen. „Beste Werbung für Sie, Herr Aron, und Werbung für unseren Künstler allemal."

„Was Sie zu Beginn unserer Kooperation prophezeit und erhofft hatten", meint Leonhard, „eine, wie sagt man im heutigen Marketing-Sprech? Eine Win-win-Situation."

„Wie ist das, wenn man sich im Roman quasi selbst begegnet, Frau Winter?", will eine Schülerin des Herzog-Johann-Gymnasiums wissen.

Beatrice, ebenfalls ein Glas Sekt in der Hand, hebt die Brauen.

„Entschuldigen Sie, Mareike Molitor. Ich bin Redakteurin der Schülerzeitung 'Pause' am hiesigen Gymnasium."

„Aufregend. Man fragt sich: Hat sich das tatsächlich so abgespielt?"

„Und?"

„Hat es. Zumindest in dem, was der Autor bislang vorgelesen hat."

„Unsere LeserInnen würden gerne erfahren, warum ..."

„Jubelt man Euch dieses schräge Hicks-I nun auch schon in der Schule unter?", wird Mareike barsch unterbrochen.

„Sie reden mir aus der Seele", räumt die Schülerin ein.

„Dann lass es!", empfiehlt Beatrice. „Du hattest eine Frage?"

„Warum hat dieser sonderbare Han Wu die Leiche Marlows draußen vor der Tür ..." - sie zeigt mit der Linken in die Richtung - „... abgelegt? Von welcher fixen Idee war der beseelt?"

„Gute Fragen. Um sie zu beantworten, musst du den Roman lesen. Ich bin selbst gespannt, welche Antwort das Buch gibt."

„Sie haben den Roman tatsächlich noch nicht gelesen?"

„Nein, nein. Heute ist Premiere. Leonhard Aron überrascht auch uns, seine Mitstreiter im Minago-Club."

„Minago?"

„Auch da muss ich dich auf den Roman verweisen. Der Name ist Programm. Ihn anderen zu entschlüsseln, das haben wir uns untersagt."

„Darf ich fragen, was Sie von Beruf gewesen sind?"

„Ärztin."

„Oh, mein Wunschjob."

„Das mit dem Job musst du dir abschminken."

Bei dieser Ermahnung ertönt die Klingel und fordert zum zweiten Teil der Lesung auf. Im Gedränge touchiert ein unaufmerksamer Besucher die Staffelei. Leonhard kann im letzten Moment *Ströher* auffangen, um ihn vor Schaden zu bewahren.

Er lässt seinen Blick kreisen, bis wieder Ruhe einkehrt. Dann inszeniert er das Kapitel „Tatort und Dieb".

Kaum hat er die steile These der Kommissarin vom „edelmütigen Diebstahl" des Michael Marlow in den Raum gestellt, da meldet sich eine Zuhörerin und wendet sich empört direkt an die ehemalige Leiterin der Soko „Kunstraub Ströher": „Das haben Sie tatsächlich gedacht?"

Corinna antwortet grinsend: „Herr Aron hat mich, wenn Sie sich recht erinnern, exkulpiert. Ich bin nicht die Polizistin seines Romans."

Leonhard schließt seine Lesung mit einer Mitteilung, die seiner Chefermittlerin, Hauptkommissarin Corinna Schmidt, vom LKA zugespielt wird: „Der zur

Fahndung ausgeschriebene Han Wu ist außer Landes. In Begleitung einer Unbekannten, die Überwachungskamera zeigt eine sonnenbebrillte Frau mit Kopftuch, ist er am neunundzwanzigsten April um sechs Uhr dreißig vom Flughafen Frankfurt/Main in einem Flugzeug der Malaysia Airlines nach Kuala Lumpur abgereist, Ziel Denpasar, die Hauptstadt der indonesischen Insel Bali." ...

Lokalredakteur Falko wartet mit gezücktem Aufnahmegerät, bis der Autor die zahlreichen Signierwünsche der Gäste, die *Zielscheibe Ströher* erstanden haben, erfüllt hat.

Mareike, die Schülerzeitungsredakteurin, drängt sich nassforsch vor. „Die *Irmenacher Bäuerinnen* sind also ebenfalls außer Landes?"

Leonhard, am Signiertisch sitzend, die Ellbogen abgestützt, öffnet und schließt die Arme und lächelt sie an.

„Eine Frage noch, wenn ich darf."

„Nur zu", ermuntert er sie.

Falko fixiert die vorwitzige Blondine mit zusammengekniffenen Augen. Neugierige bilden einen Halbkreis um Autor und die beiden konkurrierenden Interviewer.

„Sie haben Ihren Romantitel von dem Stahlhelm-Portrait Ströhers abgegrenzt, das oben in der Ausstellung hängt, oder?"

„So ist es, Frau Molitor."

„Sagen Sie bitte Mareike zu mir."

Leonhard nickt schmunzelnd.

„Wie habe ich Ihren Titel *Zielscheibe Ströher* denn nun zu verstehen?"

Leonhard lehnt sich zurück und öffnet die Arme.

„Deine Lektüre des Romans gibt die Antwort, Mareike", antwortet er. „Als Autor möchte ich grundsätzlich nicht interpretieren, was ich geschrieben habe."

„Sie wollen sich nur nicht in die Karten schauen lassen", ruft eine Zuhörerin lachend aus dem Halbkreis.

Bei diesem Einwurf runzelt Leonhard die Stirn. Für eine Sekunde schaut er in Richtung der Frau, die den zustimmenden Blick ihres Begleiters zu genießen scheint. Über die Köpfe hinweg winkt ihm Elias zum Abschied zu und Leonhards Miene hellt sich auf.

„Warum? Sie möchten doch in Ihrem Sinne verstanden werden, oder?", fragt Mareike, die die momentane Irritation nicht mitbekommen zu haben scheint.

„Da liegt ein Missverständnis vor, Mareike", entgegnet Leonhard nach einem kurzen Räuspern freundlich. „Meine Interpretation wäre nur eine von vielen und keinesfalls eine zwingendere oder bedeutendere als deine. Jeder Leser findet einen eigenen Zugang."

„Dann ergäben sich bei hundert Lesern ja ebenso viele Lesarten."

„So ist es. In dem Augenblick, in dem ich meinen Roman veröffentliche, gebe ich die Deutungshoheit aus den Händen."

„In gewisser Weise entsteht also im Kopf des Lesers dessen eigener Roman", sagt sie und streicht sich mit der Linken über die Schläfe.

„Du bringst es auf den Punkt", lobt Leonhard. „Das gilt übrigens in gewisser Weise auch für Bilder."

Er greift nach dem letzten signierten Buch auf dem Tisch, hält Mareike Mangold das Titelbild vor die Augen und sagt: „Dein Blick wählt aus. Was fällt dir besonders ins Auge? Die Bäuerinnen, das Haus im Hintergrund, die Wiese, die Wolken? Was auch immer, deine Entscheidung."

Bei diesen Worten reicht er ihr das Buch: „Schenke ich dir."

Sie bedankt sich und fährt sich über die geröteten Wangen und durch ihr blondgelocktes Haar.

Nun wendet Leonhard Aron sich Falko zu.

„Keine Tonaufnahme!", stellt er klar.

„*Zielscheibe Ströher* als Booster abebbender Ströher-Begeisterung?", liest Falko eine erste vorbereitete Frage ab.

„Hat es die jemals gegeben?", antwortet Leonhard und verdreht die Augen. „Ein Booster-Roman. Hm."

Mareike stößt ein dünnes Lachen aus.

Fahrig sucht Falko angesichts der unerwarteten Gegenfrage Rat in seinem Notizblock.

„Ich frage mal anders. Haben Sie den Roman geschrieben, um Ströher Ihre Referenz zu erweisen oder um ..."

„Wer Literatur schreibt, Falko ...", fällt Leonhard ihm ins Wort, „... um eine Absicht, vielleicht gar eine moralische These zu illustrieren, der schreibt schlechte Literatur."

„Die *Irmenacher Bäuerinnen bei* ..."

„ ... *bei der Heuernte*", assistiert der Romanautor grinsend.

Falko räuspert sich und meint: „Also, das Aquarell ist nicht wieder aufgetaucht. Habe ich das korrekt mitgekriegt?"

„Das Ölgemälde, Falko", korrigiert Leonhard. „Das mit dem ‚korrekt' und fiktionaler Literatur ist so eine

Sache, Falko", belehrt er ihn weiterhin, den Redakteur der Hunsrück-Zeitung. Der beißt sich auf die Unterlippe und lässt seine Finger knacken.

„Nächste Frage."

„Sind Sie zufrieden mit dem heutigen Abend?"

„Ich schon. Und Sie?"

„War doch toll, wie viele Simmerner Ihren *Ströher*-Roman haben hören wollen. Und lesen werden. Jedenfalls haben Sie alle mitgebrachten Exemplare verkauft und das letzte auch noch verschenkt."

Mit giftigem Blick streift er Mareike, die sich fleißig neben ihm Notizen macht.

„Danach habe ich Sie nicht gefragt", grummelt Leonhard.

„Ach so", murmelt Falko, „spannend, was und wie Sie vorgetragen haben."

„Na also. Geht doch. Schreiben Sie das. Und geben Sie die Eindrücke der Zuhörer wieder. Sie haben ja etliche befragt."

„Und die Eindrücke der Zuhörerinnen", meint Falko nachreichen zu müssen.

„Auch das", stöhnt Leonhard und packt seine sieben Sachen zusammen.

„Eine Frage habe ich noch, Herr Aron."

„Ja, bitte."

„Minago wird weiter ermitteln? Bereits ein neuer Fall?"

„Auf jeden Fall."

…

Am Ausgang des Schlosses wartet Hauptkommissarin Schmidt auf Leonhard. Noch liegt Spätsommerwärme in der Luft. Von der gegenüberliegenden Terrasse des Restaurants schwirren gedämpfte Stimmen herüber. Ein Sportflitzer parkt mit quietschenden Reifen vor einer Laterne unter einer einsamen Linde. Eine Krähe flattert auf und davon.

„Den Falko haben Sie ganz schön abblitzen lassen."

„Ich mag keine aufgeblasenen und dämlichen Fragen", grummelt er.

„Ob Ihre harsche Zurechtweisung verkaufsfördernd war?"

„Ich bin alt genug, dass mir das wurscht ist."

„Sie haben sich nur nicht in die Karten schauen lassen wollen", raunt sie ihm zu. „Nun verstehe ich Ihren Romantitel *Zielscheibe Ströher*."

„Aha."

Corinna ist sich nicht sicher, ob Leonhards Reaktion von einem fragenden, anerkennenden oder ironischen Unterton begleitet ist.

Für einen Moment fallen beide in ein Schweigen.

„Wollen wir noch etwas trinken und plaudern?", fragt Corinna, die ihm unter vier Augen gerne die eine oder andere Frage stellen würde.

Im selben Augenblick kreuzen Annemie und Beatrice auf.

„Da sind wir dabei", tönen sie wie aus einem Mund.

„Na, diese Treffen hatten wir doch schon das eine oder andere Mal", meint Leonhard und blinzelt Corinna zu, was Beatrice nicht entgeht.

Beim Queren des Schlossplatzes greift er in den Rucksack, zieht die *Zielscheibe Ströher* heraus, übergibt ihr ein mit „Für Corinna Schmidt" signiertes Exemplar und meint flüsternd: „Lesen Sie es."

Am folgenden Tag fragt Falko in der HZ: „Zielt Leonhard Arons *Zielscheibe* auf einen Zombie-Maler?"

Mareike Molitor mutmaßt meinungsstark im „Pause"-Podcast: „Ströher-Revival dank Leonhard Arons spannungsgeladener *Zielscheibe*."

# Kapitel 32

## Tödlicher Unfall

Gunther hat sich Leonhards X1 ausgeliehen, um seinen Sohn Elias mit der neuen Freundin Emilie in St. Goar zu treffen. Er hat die beiden, die einen zweistündigen Landgang bei einer Schiffstour, von Mainz kommend, einlegen würden, zum Mittagessen auf die Terrasse des Restaurants der Burgfestung Rheinfels eingeladen.

Kaum dass Marlow mit dem X1 vom Hof abgebogen ist, biegt Christian Ströher um die Ecke.

„Zu dir wollte ich, Leonhard", sagt er und begrüßt ihn per Handschlag. „Ein Angebot in meinem Briefkasten. Zugegebenermaßen bereits vor etlichen Tagen. Ich habe den Brief erst jetzt wieder in die Hände bekommen und geöffnet. Hatte viel um die Ohren. Da ist das eine oder andere liegen geblieben."

Er reicht Aron ein gefaltetes Papier und Leonhard überfliegt die Zeilen:

*Uns ist zu Ohren gekommen, dass Sie, sehr geehrter Herr Ströher, ein Gemälde des gleichnamigen Hunsrückmalers erwerben möchten. Für sechzigtausend Euro bieten wir Ihnen das Spitzenwerk des Malers Friedrich Karl Ströher an:* Irmenacher Bäuerinnen bei der Heuernte. *Bei Bedarf können Sie ein weiteres Gemälde von ihm kaufen.*

*Demnächst werden Sie einen Anruf erhalten, bei dem Sie Ihr Kaufinteresse bekunden können.*

Das Leonhard bekannte Foto des Gemäldes ist beigelegt.

Der schaut mit hochgezogenen Brauen Christian an und fragt: „Und, möchtest du kaufen?"

„Deine Einschätzung?"

„Ein echter ,Ströher', keine Frage. Das Bild ist tatsächlich eines der herausragenden des Malers, wenn nicht gar das wertvollste; es ist … das gestohlene."

„Oha!"

„Dein Rat?"

„Schlag zu und … wir, das heißt du und Minago, wir klären den Fall gemeinsam auf." …

„Gunther, mein Vater", stellt Elias ihn jovial vor, „nach einigen Zimperlein ist er wieder der Alte."

Bei diesen Worten zuckt Gunther zusammen. …

Als Emilie zur Toilette geht, sagt er: „Sollte mir etwas passieren, Elias, kannst du alles, was in meinem Appartement ist, entsorgen, nicht aber die beiden van Goghs, hörst du! Die gehören dann dir, nicht deiner Schwester."

„Okay", antwortet sein Sohn, ohne nachzufragen. „Warum aber sollte dir etwas passieren? Du schaust wieder gut aus."

„Man weiß ja nie."

„Auf deine Gesundheit, Papa", sagt Elias und prostet ihm zu.

„Mit der Miete unseres Hauses in Willmerod kannst du dein Studium finanzieren. Was Ihr dann mit dem Haus macht, ist Eure Sache."

„Was haben wir für ein Glück", frohlockt Emilie, „himmlisches Wetter und welch eine Aussicht!"

Von hinten legt sie die Arme um Elias und schaut in die wässrigen Augen seines Vaters. Der steht ächzend auf, nimmt sie an der Hand, führt sie zur Brüstung des Festungs-Cafés, das zum Rhein hinabschaut, und zeigt Richtung Katz, der rechtsrheinisch gelegenen Burg, die in halber Berghöhe majestätisch über St. Goarshausen thront. „Pass bitte auf Elias auf", flüstert er Emilie zu, „er wird dich brauchen." ...

Auf der Heimfahrt nach Simmern geschieht es, Höhe Badenhard. Ein riesiger Traktor quert hinter einer Kurve die Straße und Gunther fährt mit überhöhter Geschwindigkeit ungebremst frontal in dessen Anhänger.

...

Elias nimmt von all den Hinterbleibseln im Appartement seines Vaters nur die beiden eingerahmten van Gogh-Reproduktionen mit. „Die sind meinem Vater wichtig gewesen und also auch mir", erklärt er Leonhard, der ihm bei der Wohnungsauflösung hilft. Leonhard nickt verständnisvoll und mit dem Anflug eines verstohlenen Lächelns im Gesicht.

Am Abend notiert er in sein Tagebuch: „Die *Irmenacher Bäuerinnen* haben im Verbund mit dem *Knaben in Blau* eine neue Heimat gefunden. Cornelius Mertin werde ich mitteilen, der Erpresser habe sich nicht mehr gemeldet. Minago stelle seine Ermittlungen ein, auch aus Respekt vor Gunther Marlow, der eines schrecklichen Unfalltodes verstorben ist. ...

Die Obduktion seines Leichnams: Leberzirrhose im Endstadium, maximal noch drei Monate Lebenszeit."

# Kapitel 33

## Plauderei bei Kaul

Beatrice sitzt an der Ateliertheke und nippt am Wildbeerentee, den Karl Kaul ihr zubereitet hat. Er selbst kauert vor seiner Staffelei. Die anderen Malkursteilnehmer haben soeben das Atelier verlassen, auch Leonhard, den sie mit einer Ausrede hat hinauskomplimentieren müssen. Sonnenstrahlen blitzen durchs schwankende Geäst vor dem Fenster.

„Euer Minago-Quartett ist, äh, war schon ein ulkiger Club", grummelt Kaul, während er mit spitzem Pinsel eine Korrektur auf dem Bild vornimmt.

„Das ist ja lustig", sagt Beatrice, die sich beinahe verschluckt hat, „ulkig' hat uns mal eine Nachbarin genannt."

„Hat sie es auch begründet?"

„Und ob. Der Lange und der Kurze, die Mondäne und das Mauerblümchen, zwei Intellektuelle und zwei Bodenständige."

„Immerhin", meint Kaul lachend, „immerhin scheint sie das Grundprinzip des Komischen zu verstehen."

Bei diesen Worten dreht er die Staffelei in Richtung Beatrice, die große Augen macht: Leonhards karikierter Kopf.

„Wird ihm gefallen", sagt sie. „Geburtstagsgeschenk zu seinem Siebzigsten."

„Das freut mich. Einen ehemaligen Schüler und späteren Kollegen zu karikieren und dabei Ihrem wohlwollenden Geschmack gerecht zu werden, Beatrice, war nicht ganz einfach."

„Die Denkerstirn und seine funkelnden Augen. Großartig!"

„Sie schätzen seine Belesenheit und seinen gedanklichen Tiefgang ...",

„... und sehe über seine Schludrigkeit in Alltagsdingen hinweg", ergänzt sie schmunzelnd Karl Kauls Einlassung.

„Übermorgen können Sie das Porträt abholen", sagt er und nimmt Beatrice gegenüber auf dem Barhocker Platz.

„Sie wollen mich etwas fragen", sagt Beatrice.

„Nun ja", druckst er herum, „was ist Annemie Weimar für ein Mensch. Ich meine, was zeichnet sie aus?"

„Sie ist eine verlässliche, warmherzige Freundin", antwortet Beatrice knapp.

„Keine Mimose?"

„Wo denken Sie hin?", sagt Beatrice. „Keiner von uns ist so. Sonst kämen wir nicht gut miteinander aus."

„Noch eine Frage, wenn ich darf."

„Nur zu."

„Was macht Minago aus?"

Beatrice runzelt die Stirn. Sie denkt kurz nach und sagt: „Wir haben bei aller Unterschiedlichkeit ein paar Gemeinsamkeiten, Gemeinsamkeiten, die in unserem Alter besonders wichtig sind."

Kaul hebt die buschigen, grauen Brauen.

„Jedem von uns gelingt es, hm, wie soll ich es sagen, jedem von uns gelingt es, die nötige Balance von Nähe und Distanz zu wahren. Ganz, ganz wichtig. Zudem können wir einander gut zuhören. Selbst Leonhard, der gerne mal doziert. Lehrerkrankheit, oder?"

Sie nippt erneut am Tee. Kaul nickt, schmunzelt und schaut aufmerksam zu ihr hin.

„Wir haben Spaß an gemeinsamen Spielen, Kartenspielen, Tischfußball, Darts; wir gucken gerne zusammen Filme, Ratesendungen und Sportereignisse und … wir knacken gerne im Kollektiv Nüsse."

„Aha?", sagt Kaul mit gekräuselter Stirn.

„Ungelöste Kriminalfälle und dergleichen meine ich", sagt Beatrice.

„Hat das auch für ihren wenig kunstsinnigen Mitstreiter Gunther Marlow gegolten?"

„Auch für den."

„Ströher, der ‚Zombie-Maler'?", wechselt Kaul abrupt das Thema.

Beatrice schaut ihn aus zusammengekniffenen Augen an.

„Wie bitte?"

„Stand heute in der HZ. Leonhard habe bei seiner Lesung gestern Abend im Schloss diesen Eindruck erweckt. Sein Roman *Zielscheibe* ziele darauf ab."

„Was für ein Blödsinn. Dieser Provinzschreiberling, Falko nennt er sich, der kapiert rein gar nichts. Er hat Leonhard mit saudummen Fragen nach der Lesung genervt. Leonhard hat ihn abserviert."

„Und sich in der HZ eine wenig schmeichelhafte Besprechung seiner Lesung eingehandelt."

„Das ist ihm nun wirklich schnuppe. Die meisten Zuhörer waren schließlich angetan von seinem Roman. In dem wir vom Minago-Club übrigens eine entscheidende Rolle spielen. Dabei nimmt unser Besuch bei Ihnen hier im Atelier einen prominenten Platz in der *Zielscheibe Ströher* ein."

„Da bin ich nun wirklich gespannt. Die nächste Lesung werde ich nicht verpassen."

„Morgen Abend um neunzehn Uhr dreißig im Schinderhannesturm", sagt Beatrice. „Ich freue mich auf Ihren Besuch. Minago wird wieder anwesend sein. Und Leonhard freut sich ganz besonders, wenn Sie dabei sind. Das weiß ich. Eine besondere Atmosphäre erwartet die Zuhörer, so viel kann ich schon mal verraten. Die Stiftung Ströher hat sich etwas einfallen lassen. Davon wird man noch lange reden. So viel ist gewiss."

Kaul fährt sich durchs schlohweiße Haar.

„Wie endet nun Leonhards *Zielscheibe Ströher*?"

Beatrice greift in ihre Handtasche und zieht ein vom Autor signiertes Exemplar heraus, um Kaul das Schlusskapitel „Kooperation" vorzulesen.

„Die Finten also", sagt er schmunzelnd. Hätte ich mir denken können. Ich kenne doch meinen schlitzohrigen Kollegen. Sein Erzähler winkt mit dem Zaunpfahl, vermute ich, er lässt den Leser die Doppelbödigkeit erahnen. Von wegen, der Fall sei gelöst. Oder?"

Beatrice reicht Kaul das Exemplar mit den Worten: „Lesen Sie selbst."

„Noch vor der Lesung morgen Abend?"

„Wie Sie möchten", sagt sie.

„Ein typischer Leonhard-Satz, Beatrice. Solche Sätze haben ihm seit jeher Beinfreiheit verschafft."

„Aha?"

„Als der junge, dynamische Kollege Lehrer an unserem Gymnasium wurde, wo er sechs Jahre zuvor Abitur gemacht hatte, war uns, den Kollegen, schnell klar, dass der seinen Weg machen würde."

„Darüber wüsste ich gerne mehr", sagt Beatrice.

„Ein andermal, vielleicht. Zunächst sollten wir bei Ströher bleiben."

# Kapitel 34

## Minagos neuer Fall

*Selbstbildnis mit Pickelhaube*, ein aus triftigem Grund nur für kurze Zeit in der Dauerausstellung im Simmerner Schloss präsentiertes Ölgemälde, das jüngst restauriert wurde. Vorübergehend war es Platzhalter für Ströhers *Selbstporträt mit Stahlhelm* aus dem Jahr neunzehnhundertsiebzehn, das man einer bedeutenden überregionalen Ausstellung zum Thema „Der Erste Weltkrieg – wie Künstler ihn erlebt und gestaltet haben" als Leihgabe anvertraut hat.

Und nun das: *Selbstbildnis mit Pickelhaube* ist zweifelsfrei kein echter ‚Ströher'. Höchst fraglich ist, ob der Hunsrückmaler ein solches Bild überhaupt malte. In keinem überlieferten Dokument findet sich auch nur der geringste Hinweis.

„Mutmaßlich hat es jemand vor längerer Zeit gemalt und Ströher untergejubelt", munkelt Beatrice.

Sie zeigt Annemie und Leonhard das Bild auf ihrem Smartphone. Im Malkurs bei Karl Kaul ist ihr der Schwindel aufgefallen, als sie das *Selbstbildnis* imitieren wollte.

„Die Pinselzüge sind allzu kurz. Die expressionistischen Farbklänge sind ströheruntypisch. Ströheruntypisch auch die Verteilung von Licht und Schatten, vor allem in der Augenpartie. Der Vergleich mit dem Stahlhelmporträt zeigt es deutlich. Statt des verzweifelten Ausdrucks im Blick des Soldaten aus den

Augenwinkeln ein selbstbewusst spöttischer Gerade-ausblick zum Betrachter hin. Dazu passt der ironische Titelzusatz *Pickelhaube*. Karl Kaul stimmte mir zu und war sich nicht zu schade, zerknirscht zuzugeben, er sei dieser Ströher-Kopie auf den Leim gegangen. ‚Die Ironie, die Sie bemerkt haben, Beatrice, ist mir nicht aufgefallen.‘"

„Gott steckt im Detail", sagt Leonhard lachend, „aber auch der Teufel."

„Der unbekannte Maler, Schelm, Witzbold, was auch immer, vielleicht auch eine Frau", stochert Anne-mie im Nebel, „hat das *Selbstbildnis* vor Jahren in die Sammlung Ströher geschmuggelt. Selbst die Experten haben keinen Verdacht geschöpft? Merkwürdig."

„Ein Fall für drei", tituliert Leonhard das unerwar-tete Minago-Projekt. „Endlich wieder ein Problem, das wir lösen können."

„Mangels Konkurrenz der ‚Soko Corinna Schmidt'", erklärt Beatrice, „werden wir uns nun noch mehr ins Zeug legen müssen. Vor allem ich, die ich mich mit meiner Patenschaft für das Machwerk blamiert habe."

„Na, na, schließlich hast du die Sache aufgeklärt", beruhigt Leonhard." Den Hinweis auf fehlende Ermittlerkonkurrenz kommentiert er nicht. Er ahnt, dass Beatrice sich in dem Punkt irrt. Was ihn provo-ziert, reizt, was ihn herausfordert.

„Der über der Stirn ausgestreckte Zeigefinger nach oben war vielleicht ein weiteres Ironiesignal - und nicht von irgendwem nachträglich hinzugefügt, wie man irrtümlich annahm. Man hätte es bei der Restau-ration nicht entfernen lassen sollen."

„Vielleicht ein Fingerzeig auf die Urheberschaft?"

„Könnte sein, Leonhard", meint Beatrice, „die Geste symbolisiert die Pickelhaube und bedeutet in der Gebärdensprache ‚deutsch‘ oder ‚Polizei‘."

„Wir haben es also eher nicht mit einem Kriminalfall zu tun?", fragt Annemie. „Sehe ich das richtig?"

„Eher mit einer lässlichen Sünde", räsoniert Leonhard, „einer moralischen Entgleisung allenfalls. Du hast eine Fälschung aufgedeckt, Beatrice. Bislang hat sie niemandem Schaden zugefügt, oder?"

„Könnte man so sehen", stimmt sie ihm seufzend zu.

„Eine reizvolle Tüftelei, herauszufinden, wer, wann, wie und mit welcher Absicht das Werkverzeichnis unseres Hunsrückmalers glaubte bereichern zu müssen. Zielscheibe Ströher eben", meint Leonhard.

„Das Wortfeld ‚bereichern‘ hätte Gunther bestimmt gerne beackert", sinniert Annemie. Sie traut sich aber nicht, es zu sagen. Irgendwie hat sie ihn gern gehabt. Und nun vermisst sie ihn.

Sie räuspert sich und sagt: „Große Künstler wie Rembrandt oder Dürer hatten Schüler, die ihnen nacheiferten und Werke schufen, von denen man oft nicht genau sagen kann, ob sie von ihnen oder doch vom Meister selbst stammen, oder?"

„Wo ist das *Selbstbildnis mit Pickelhaube* übrigens abgeblieben?"

„Gute Frage, Beatrice", sagt Leonhard, „der Museumsleiter sagt, er wisse es nicht."

„Na ja, wird sich jemand unter den Nagel gerissen haben. Verschmerzbar, wenn du mich fragst."

Leonhard zuckt mit den Achseln und orakelt: „Wer weiß."

Für einen Moment herrscht nachdenkliche Stille. „Ich schlage vor, Karl Kaul zum Kaffee einzuladen. Das haben wir ihm versprochen. Vielleicht will er ja auch unserem Club beitreten. Minago funktioniert als Quartett besser."

„Seine Expertise können wir im ‚Fall für drei', wie du ihn vorläufig getauft hast, allemal gebrauchen", schließt sich Beatrice Leonhards Vorschlag an. „Andeutungsweise hat er übrigens schon einmal Interesse anklingen lassen."

Annemie schaut sie aus großen Augen an. Ein Lächeln huscht ihr übers Gesicht: Vielleicht werden die drei demnächst einander ströhern.

# Personenverzeichnis

Die Soko „Kunstraub Ströher"
Hauptkommissarin Corinna Schmidt
Bachmann Jörg, Oberkommissar
Wunderlich Beate, Oberkommissarin
Castor, Lukas, Kommissar
Oberstaatsanwältin Leila Löwenbrück

Das Minago-Quartett:
Aron, Leonhard
Marlow, Gunther (Elias, sein Sohn; Freundin Emilie)
   Michael, sein Bruder
Weimar, Annemie
Winter, Doktor, Beatrice

Giesen, Doktor, Notarzt
Kaul, Karl, Hauderer-Maler
Mertin, Cornelius, Vorsitzender der Ströher-Stiftung
Michel, Paul, Bürgermeister Irmenachs
Panofsky, Kurt, Totengräber
Simon, Johannes, Pfarrer
   dessen vermeintlicher Stellvertreter Han Wu

weitere Nebenfiguren: Falko (Redakteur der HZ),
Helmfeld, Bärbel (Willmeroderin), Jonas (Barkee-
per); Marlis (Bekannte Annemies); Mareike Molitor
(Redakteurin einer Schülerzeitung); Monika (Wirtin
im „Gleis 3"); Ströher, Christian (neuer Nachbar),
Sohn Justus, Stieftochter Mara, Ehefrau Julia

# Inhaltsverzeichnis

Kapitel 1: Im falschen Sarg                                    5
Kapitel 2: Am Simmerbach                                       9
Kapitel 3: Leonhard                                           13
Kapitel 4: Verfolgung                                        18
Kapitel 5: In der Hotelbar                                   25
Kapitel 6: Frauenpower im Minago-Club                        28
Kapitel 7: Auftaktsitzung der Soko
„Kunstraub Ströher"                                          31
Kapitel 8: Panofsky                                          34
Kapitel 9: Auf dem Simmerner Wochenmarkt                     38
Kapitel 10: Befragung Han Wuhs                               44
Kapitel 11: Minago                                           47
Kapitel 12: Im Atelier des Hauderer-Malers
Karl Kaul                                                    52
Kapitel 13: Fahrt nach Irmenach                              61
Kapitel 14: Der Auftrag                                      69
Kapitel 15: Leonhard                                         75
Kapitel 16: Zweite Sitzung der Soko
„Kunstraub Ströher"                                          80
Kapitel 17: Minago                                           83

Kapitel 18: Begegnung der Ermittler
am Pfarrhaus                                    87
Kapitel 19: Zusammenarbeit mit Minago?          *94*
Kapitel 20: Leonhard                            100
Kapitel 21: Dritte Sitzung der Soko
„Kunstraub Ströher"                             103
Kapitel 22: Polizei-Recherche in Irmenach       106
Kapitel 23: Gespräch mit dem Vorsitzenden
der Stiftung „Ströher"                          112
Kapitel 24: Befragung des Diebesbruders         115
Kapitel 25: Tatort und Dieb                     121
Kapitel 26: Leonhard                            124
Kapitel 27: Annemie                             127
Kapitel 28: Nachbarn                            131
Kapitel 29: Minago                              140
Kapitel 30: Kooperation                         143
Kapitel 31: Autorenlesung                       147
Kapitel 32: Tödlicher Unfall                    158
Kapitel 33: Plauderei bei Kaul                  161
Kapitel 34: Minagos neuer Fall                  166

Personenverzeichnis                             170

Gerd Tesch, 1950 im Hunsrückdorf Pfalzfeld geboren, studierte an der Johannes Gutenberg-Universität Mainz Germanistik, Allgemeine Sprachwissenschaft, Politikwissenschaft und promovierte in Philologie. Er arbeitete in etlichen rheinland-pfälzischen Gymnasien, zuletzt bis zur Pensionierung als Schulleiter des Gymnasiums Kirn. Bislang hat er sechs Kriminalromane, eine Kriminalerzählung sowie drei Bände mit Kurzgeschichten veröffentlicht.

## Weitere Bücher von Gerd Tesch

Gestern ist heute – Ein Vorleser auf Entdeckungsreise im Altenheim, 2018,
ISBN
978-3-941200-67-8
Preis 17,90 €

Vorlesen im Altenheim, 2020,
ISBN
978-3-751918-26-8
Preis 9,80 €

Vorlesen im Seniorenheim, 2020,
ISBN
978-3-751996-05-1
Preis 9,80 €

# Krimis von Gerd Tesch

Tod am Radweg, 2016,
ISBN
978-3-941200-55-5
Preis 10,90 €

Hunsrück-Wolf, 2017,
ISBN
078-3-941200-60-9
Preis 10,90 €

Hunsrück-Skan-
dal, 2019, ISBN
978-3-942200-73-9
Preis 10,90 €

Eisbergiade, 2019,
ISBN
978-3-941200-77-7
Preis 10,90 €

# Krimis von Gerd Tesch

Finale Rache, 2020,
ISBN
978-3-941200-80-7
Preis 10,90 €

Corona, kopflos, 2020,
ISBN
978-3-941200-83-8
Preis 10,90 €

Unerhörte Enthüllun-
gen, 2021,
ISBN
978-3-753477-05-3
Preis 8,90 €